人文阅读与收藏·良友文学丛书

舒乙题

原丛书主编：赵家璧

特 邀 顾 问：舒　乙　赵修慧　赵修义　赵修礼　于润琦

出 品 人：马连弟
监　　制：李晓琤
执　　行：张娟平
统　　筹：吴　晞　姚　兰
装帧设计：赵泽阳

特别鸣谢（按姓氏笔画排列）：
韦　韬　叶永和　李小林　沈龙朱　陈小滢　杨子耘
张　章　周　雯　周吉仲　舒　乙　蒋祖林　施　莲
姚　昕　俞昌实　钟　蕻　郑延顺　赵修慧
以及在版权联系过程中尚未联系到的作者或家属

特别鸣谢：
上海鲁迅纪念馆
北京鲁迅博物馆
北京大学中国语言文学系
复旦大学中国语言文学系
中国作家协会权益保障委员会

人文阅读与收藏·良友文学丛书

漩涡里外

杜 衡著

中国国际广播出版社

良友版《漩涡里外》精装本封面

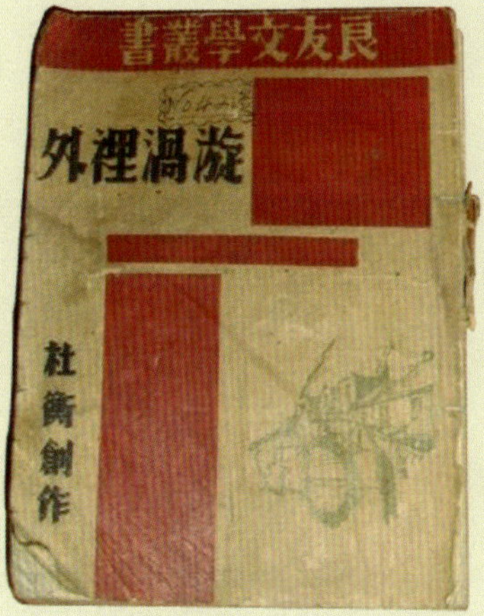

良友版《漩涡里外》平装本封面

良友版《漩涡里外》编号页

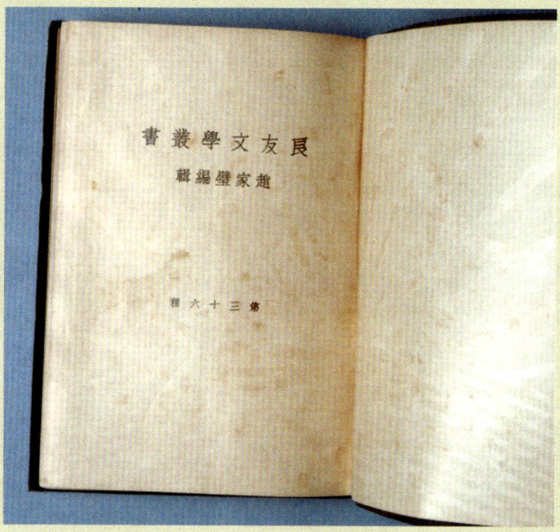

良友版《漩涡里外》扉页

良友版《漩涡里外》版权页和内文

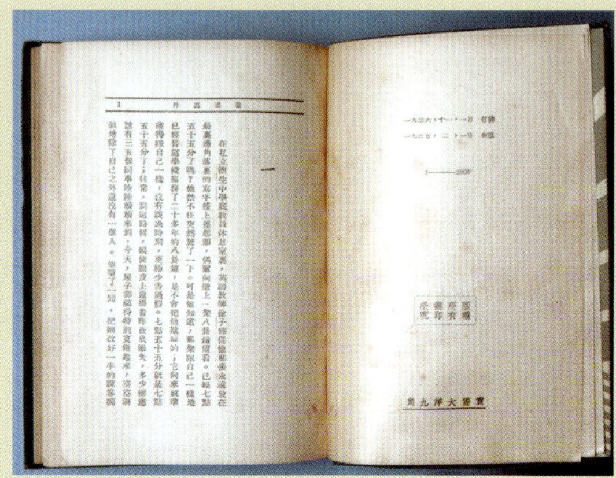

良友版《漩涡里外》内文

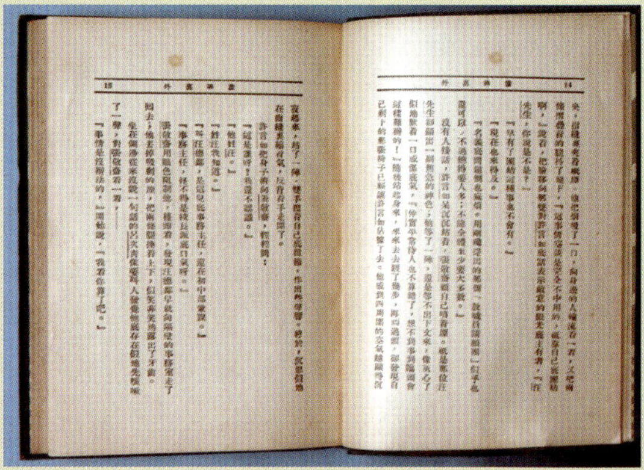

《良友文学丛书》新版出版说明

二十世纪三四十年代，著名编辑赵家璧在上海良友图书公司老板伍联德的支持下，历经十余年，陆续出版《良友文学丛书》，计四十余种。其中三十九种在上海出版，各书循序编号，后出几种则无。该套丛书以收入当时左翼及进步作家的作品为主，也选入其他各派作家作品。其中小说居多，兼及散文和文艺论著；第一号是鲁迅的译作《竖琴》。丛书一律软布面精装（亦有平装普及本），外加彩印封套，书页选用米色道林纸，售价均为大洋九角。

《良友文学丛书》选目精良，在现在看来，皆为名家名作；布面精装的装帧更是被许多爱书人誉为“有型有款”。不可否认，在装帧设计日益进步的当下，这套出版于二十世纪三四十年代的丛书外形已难称书中翘楚，但因岁月洗汰，人为毁弃，这套曾在出版史上一度“金碧辉煌”过的丛书首版已然成为新文学极其珍贵的稀见“善本”。

在《良友文学丛书》首版八十周年之际，为满足现代普通读者和图书馆对该丛书阅读与收藏的需求，我们依据《良友文学丛书》旧版进行再版（四种特大本不在其列）。本着尊重旧版原貌的原则，仅对旧版中失校之处予以订正。新版《良友文学丛书》采用简体横排的形式，以旧版书影做插图，装帧力求保持旧版风格，又满足当下读者的审美趣味。希望这一出版活动对缅怀中国出版前辈们的历史功绩和传承中国文化有所裨益，也希望广大读者多提宝贵意见和建议，以便我们把日后的工作做得更好。

《良友文学丛书》新版校订说明

一、本丛书收录原良友图书公司编辑赵家璧主编《良友文学丛书》共四十六种（四种特大本不在其列），乃为目前发现且确系良友版之全部。

二、此番印行各书，均选择《良友文学丛书》旧版作为底本，编辑内容等一律保持原貌，未予改窜删削。

三、所做校订工作，限于以下各项：

（1）将繁体字改为简体字；

（2）原作注释完全保留；

（3）尽量搜求多种印本等资料进行校勘，并对显系排印失校者在编辑中酌予订正；

（4）前后字词用法不一致处，一般不做统一纠正；

（5）给正文中提到的书籍和文章及其他作品标上书名号，原作书名写法不规范、不便添加符号者，容有空缺；

（6）书名号以外其他标点符号用法，多依从作者习惯，除个别明显排印有误者外均未予改动。

漩 渦 裏 外　1

一

在私立德生中学底教员休息室里，英语教师徐子修从他那张永远放在最里边角落里的写字台上抬起头，偶尔向壁上一架八卦钟望着。已经七点五十五分了吗？他禁不住突然惊了一下。可是他知道，那架跟自己一样地已经替这学校服务了二十多年的八卦钟，是不会把他欺骗的；它向来就准确得跟自己一样，没有误过时刻，更极少告过假。七点五十五分就是七点五十五分了；往常，到这时候，纵使眼皮上还挂着昨夜底眼矢，多少总应该有三五个同事陆陆续续来到，今天，屋子却显得特别宽敞起来，空空洞洞地除了自己之外还没有一个人。他望了一回，把刚改好一半的课卷搁开，把钢笔插好在笔插里，把红墨水瓶底盖子紧紧地盖上，不给漏气。随后，照着至少有十年以上的旧例，抽开左边抽斗，看也不看地摸出一小方纸片和一小撮焦黄的烟丝，然后，舌尖在纸上一舔，用熟练的手势一下子就卷成一枝烟，括了火柴，吸着。

要不是几个月以前特别为路远的兼任教师们把上课时间改迟十分钟，今天可不是只有他一个人上头堂了吗？这班教员哪，这班教员！正打算在心里骂几句，他却猛然想起前一天所听到的鬼鬼祟祟的传闻；底细他不明白，而且也不想去明白。只是，学校仿佛又一次浸在不安的空气里，说不定接踵而来的又是停课和罢考呢。说不定今天就是了，他惶惑着；说不定已经停了课自己还不知道呢。

嘴角边黏着烟枝，从座位上站起来，缓步走到休息室门口。从这门口望去是一片空阔的广场，广场上像大海里撒盐花似地只有十来个人在着，样子怪闲散，从这十来个人身上看不出一点儿上课不上课底动静。

风平稳地吹；

早晨底阳光温暖地照在他那秃了大半个的头顶上。

这难道是酝酿着什么风波的光景吗？徐子修不相信似地在头顶上搔了几下，打算到隔壁事务室里找一个职员问。可是刚跨出门去却就把脚步停住了。如果根本没这回事，自己大惊小怪的还成什么样子啊！为保持尊严他不愿意随便问，只带着犹豫的神色仍然走回到没有人的屋子里来。

八卦钟吵吵地响了一阵，接着，那么纡回而凝重，像一位严谨的执法者似地连续打了八下。

仿佛受了钟声底惕励，他突然想：

“凭什么不去上课呢，也没有接到正式的通知!”

他觉得自己应该像那架钟一样地固执，坚决，一样地忠于自己底职守，像没有人在面前它也照旧报着确切的时刻一样，即使课堂里没有学生，他也得去。这样想，他以为自己从新稳定了。

把吸剩的烟枝顺手向痰盂里一丢，走回到原来的座位上，拿出第一堂课底课本来，翻开上次停顿着的一叶，飞快地看了几行，却没有看下去，只找一些纸片来把那地方夹了；书从新合拢，在写字台正中央放好，他留意着，叫书脊跟台子底边恰好成了九十度的直角；于是，又拿过点名册，搁在一起，又拿过了粉笔。一切都准备得停停当当，他等着。……

直到打过预备钟，又开始打着正式的上课钟，教员休息室里却还没看见有第二个人来到，徐子修不再去关心这些，只照着旧例，在上课钟第一声响着的时候，就用那种二十年来所惯有的姿态，把课本像非常沉重似地叫右手高高抬着，走出休息室，穿过行廊，转上几个弯，向高二甲班底教室走去。他脚步纵然慢，却像有一种机械地固定的速率，依着三十二下钟声底节奏，移过了固定的距离，到钟声划然停止，洪亮的余音还嗡嗡地回荡着的时候，他永远是刚巧踏到教室门槛边，难得有三尺以上的快慢。

抬起头，对里面望了望。并不是没有人，却的确那么疏疏落落，像比平常少了一半的样子。徐子修登时就蹙紧了两道眉毛，却没问什么原故，顾自己跨上讲台，从袖筒里抽出手帕，在那高高的圈椅上拭了几下，整一整长衫底下襟，坐着。他翻开点名簿，并不把名字叫出声，只依照座位底号码一行行看，一行行登录。正当他用眼睛来点着名的时候，从外面又陆续来到了一些人，他把他们逐一地注意了。全班学生底姓名他几乎个个知道；他咬着下嘴唇，眉毛更蹙得紧，就在那些人底名字下面逐一打了迟到底标记。点完名，把名册推到右边的台角上，挺起腰板呆坐了一会。他不响，全堂也没有声息。好久，像没有说话就已经口干了似地把舌子在颚上吸了几下，眼睛只望住对面的墙，自言自语地说：

“从今天起，预备钟可以关照不必打了。”

说着，他把嘴唇做了一个介乎轻蔑和嘲讽之间的神色，用鼻子微微喷一口气，把课本拿到身边，翻开了夹着纸片的那一叶。他并没有马上就讲书，又停顿了一会，仰起脸看着。即使把迟到的算在内，全班的学生还是少。学生和教员底一致缺席使他还禁不住诧异着。这多少总跟几天来逐渐漫延的风波有点关系吧；可是他却没想到这个纯然是学校行政上的纠纷，竟不但教职员，就连学生也会给牵涉在内的。他底脸色似乎变得更严肃了，他开始感到一种真切的痛心。

“一个人呵，”用沉重的低声慢吞吞地说，随时间断着，吸着舌子，“最要紧的是，要记得自己底本分。用不到管的事，管不到的事，谁都要管，这个世界就给这样弄糟的。”

轻轻地点着头，像企图给予自己底话以特殊的肯定。

“世界这么大，社会上的事情这么复杂，我们在学生时代，也懂不了这许多，如果全要越俎代庖起来，那么，那么，……”

还没有想出该用些什么话来接下去，却陡然听到从外边走廊上传来一阵口哨声，吹着一支愉快而带点轻薄的调子，把自己所造成的严肃的空气破坏了。他从新沉默着，又皱皱眉毛，把脸移向门口，就看见一顶压发帽上的绒线球沿着一个个窗洞跟吹口哨底声音同时移近来。那个人终于在眼前出现，没有穿上衣，双手在西装裤袋里悠闲地插着；他向课堂里一望，看见了徐子修，停住嘴里的调子，一边跨着门槛一边大声说：

“这样快就来了吗！”

徐子修认识他，叫黎汉，据说是当地某一位要人底亲戚。徐子修记得上次季考的时候，他曾经给搜出了夹带，而在布告出零分的成绩之后，自己还接到一封恐吓信，不署名，该署名的地方是画着一枝手枪。好久就猜疑是这家伙捣的把戏了。却始终没把这猜疑对谁表明过，只自己留意着。

不说话，拿眼光钉住他，惹得全堂的眼光都在他身上集中。静默。这静默却并不能对黎汉造成什么影响，他还是那么自在地走近来，到讲台边，伸出手去要翻动台角上的点名簿。

徐子修却抢先把点名簿用手使劲按住了，——

“你做什么？”

抬头望见了那张乖戾的脸色，到底也禁不住把手缩回，嘴里却还这样说，“我来补一个到。”

“现在不能，现在要讲书。”

“要等几时补呢？”

没有回答，徐子修只把点名簿拿过来压在自己底课本下面，对课本看了看——

“Page two hundred seventeen.”

黎汉愕然地对徐子修望了一阵，没办法，回转头，对同学们装了一个又像渺视，又像聊以解嘲似的鬼脸，蹦蹦地退到第四排右侧的自己座位后边，两条腿用跳高底姿态跨进椅背，坐下了。他桌上空洞洞地没有书，却从邻座同学底坐椅上胡乱拖过一本来，翻开了摊着。

“Paaaage two hudred sveenteeeen!”

像从运动会上的传声筒里发出来一样的声音使全堂都吃了一惊。黎汉看见徐子修说话的时候正把眼睛望住自己这方向，一边还用指掌在台面上急迫地拍。

他把书本朝后翻了几页。

想不到这样还搪塞不过去，竟看见徐子修从讲台上站起身，走向自己底座位。禁不住稍稍有点惊惶了，却没法子阻制他不把自己身边那本书拿起来看。

“这一堂是英文，不是物理，你知道？”

装痴装呆地也把书一看，随口强解着，“啊，拿错了。”

“拿错！刚才进来的时候看见你没带书的，你还当面说谎！”说着，把那本物理合拢了向桌上一丢。“回去拿呀。”

“合看看拉倒。”

黎汉把身体向邻座挪近一步，拖过那同学底课本来打算两个人合看，徐子修却偏偏把它推了回去。——

“不成的，你这样妨碍别人。”

“那叫人怎么办呢？”

“回宿舍去拿。”

“等拿得回来不是已经要退课了，还来得及！”

“不成，没有书就不用来上课。”

声音变得激厉起来，全班的学生对这纠纷都屏住了呼吸。黎汉也收敛住先前那一副赖皮相，他想起用沉默来抵制，不响，又不动，只这么坐着。

“不拿书你就得出去！”

那一个终于也失掉忍耐，他无所顾忌地在台子上一拍，大声嚷：

“我什么班上不跟人家合看书，偏你这儿两样!”

竟会有学生在课堂里对他拍台子，咆哮着，这在徐子修二十多年的经验里是没有的。他发现自己呼吸变得急促，嘴唇也稍稍颤抖；他停顿了一阵，意识地镇静下来，还是用那种粗糙的声音屹然站立着说：

“没有书就得出去，我这儿不能通融的。”

“……”

“出去啊，听见没有!”

黎汉猛地站起来，就把台子向前面使劲一推，要不是邻座的学生眼快手快，赶忙把它扶住，就差不多已经倒在徐子修底身上。挤出了台子缝，头也不回一回，就这么一股劲冲到课堂门口，走了。当下徐子修也不再说什么话，慢慢回到讲台上，翻开点名簿，拿起铅笔就在黎汉这名字上重重地划了一笔，从新拿过了课本。可是他像还需要一些时间来恢复自己心境底平衡，恢复讲书底能力。学生们等着，悄悄地偷望着他那张显得铁青的脸，然后又各自低下头去。

二

那一堂课上徐子修根本就没有好好地讲书，差不多只依照课本匆匆念着，念了三两页，还没打退课钟，已经把书本收拾起来，说一句“你们回去再仔细温习一下”，跨下了讲台。他脸上余怒未息，脚步像比往常加紧了一些，就向教员休息室走去。此刻，那地方已经不像先前似地冷落了，有三五个人聚集着。徐子修只对他们胡乱招呼一下，也不马上走进门，只在门口急忙找到那个值班管理休息室的茶房问：

“你去看看，王校长来了没有?”

诧异底脸色。“王先生已经三天没有到校了。”

“啊——”

徐子修竟还没有知道呢！他站着，楞了一阵，做了一个没手势似的手势，再没有追问什么话，终于无可奈何地走回到自己那角落里的座位去。

校长没到校底话，却无意中钻到了站在门槛边闲望着什么东西的用器画教师许言如底耳朵里。他每星期只担任两天课，他自然也不知道。这消息使他感到意外的紧张；他踮起了皮鞋脚跟悄悄地走到就在这学期把他介绍到这学校里来的算学教师张敬斋底身边，附住他底耳朵轻轻说：

“敬斋，敬斋，校长都躲起来了呢！”

话虽然轻，却说得在座的人都听到了。他发现一双仿佛带点敌意的眼光在向他身上扫射过来；那个人他不认识，他觉得稍稍有点窘。张敬斋却出人不意地笑着，——

“我们已经为这事情谈了一个早晨了。”

张敬斋在屋子里是占据着一张最舒适的圆椅，地位刚巧在几个人底中央，指缝里夹着纸烟。他把烟吸了一口，向身边的人轮流看一看，又把两条折叠着的腿抖了几下，“这事情空谈是完全不中用的，只靠自己底团结啊，”说着，把脸移向那双对许言如底话表示敌意的眼光底主有者，“汪先生，你说是不是?”

“早有了团结这种事也不会有。”

“现在也来得及。”

“名义底问题倒也麻烦。用刚才提出的那个‘教职员请愿团’似乎也还可以，不过总得要人多；不能全体至少要大多数。”

没有人接话，许言如呆沉沉站着，张敬斋顾自己喷着烟。只是那位汪先生却显出一副焦急的神色；他等了一阵，还是等不出下文来，像灰心了似地叹着一口感伤底气，“仲实平常待人也不算错了，想不到事到临头会这样难办的！”随后站起身来，来来去去踱了几步，再回过头，却发现自己剩下的那张椅子已经让许言如占据了去。他感到四周围的空气越显得沉寂起来，站了一阵，双手捏着自己底指节，作出些声响。终于，沉思似地在齿缝里缩着气，反背着手走开了。

许言如把身子俯向张敬斋，轻轻问：

“这是谁呀？我还不认识。”

“他姓汪。”

“姓汪我知道。”

“叫汪德邻，是这儿底事务主任，还在初中部兼课。”

“事务主任，怪不得是校长派底口气呀。”

张敬斋用眼色阻制他，抬头看，发现汪德邻早就向隔壁的事务室走了回去；他丢掉吸剩的烟，把两条腿换着上下，似笑非笑地露出了牙齿。

坐在侧边从来没说一句话的吕次青像要叫人发觉他底存在似地先咳嗽了一声，对张敬斋看一看，——

“事情是没办法的，”开始说，“我看你算了吧。”

“为什么？”

“这几天王校长在校董会方面也碰了壁，你知道？”

"我自然知道。"

"那你还跟他们组织什么请愿团呢?"

"你说不会有效力吗?"

"这何须说得!"吕次青停顿着,对四边一望,没有人,才把上半身弯了过来,像谈什么机密大事般压低了声音,"上次校董会听说空气还好一点,这次更糟,说要清查他经手的账目,账目可是又交不出来。"

"那上面究竟有没有毛病?"

许言如好久就想插一句嘴,说完,诚恳地等着回答。

这一回张敬斋却真实地笑了。可是他没有理睬许言如底话,只视而不见地对他瞥了一下,随后,还是顾自己对吕次青说,"你别当了真,什么请愿团,护校会,我不是姑妄言之,宽宽他们底心的。"

"我也想你不会这么傻,快坍的墙还去扶!"

"不过我们也得打算,"沉思似地停顿着。"你清楚那另一方面底情形?"

"他们自然想趁机会打进来包办。"

"背地里恐怕还是去年捣乱二中的那班人。"

"可不是。他们是有组织,有计划的,这一回倒王不过是计划中的一个初步。"

"要倒王容易,硬要进来就没那么简单。"

"那里!他们各方面都有联络。"

"无论如何,校董会总是个不容易通过的难关。"

“对呀，我也早就看透了这一着棋子!”吕次青忽然把手在膝盖上一拍，变得更兴奋了。他感到英雄所见略同，他感到这位三年多的同事到今天才成为他底知己。他爽性把椅子更向张敬斋移近一步，用更低的声音交头接耳谈着，却时时对在座的第三者许言如飞着顾忌底眼色。许言如只好扫兴地站起来。他也正对这题目感到兴趣呢，这一段应该是最重要的话他没法子听清楚。他施施然走开，却到底在不愿意偷听人家私语底假装下留意地捉到了“背景”，“上边”，和“不是东西”这些零星的字句。

于是，张敬斋和吕次青互相对望着笑，像在二人之间一下子就建设了深切的了解。他们暂时没有说话；正当沉默中，钟声当当地响着。

“是上课钟吗?”张敬斋茫然问。

“不，还是第一堂退课呢。”

“你有课?”

“现在还早，”吕次青答着；停一会，他接下去说，“这事情要揽就得快。”

“那自然，总得要赶在他们下次开会之前。”

“不过我们总得有个妥当的准备。”

“你停下有空?”

“可以，我们停下再多找几个人谈谈。”

“自然要先想法子探探大家底态度；我想进行也

不难。”

“我想不难。”

走廊上一阵响亮的皮鞋脚声使他们两个不约而同地把眼光移向门口，看到走进门来的是穿着一身挺刮的学生装的社会科教师，他们互相用眼色关照着，把兴奋的谈话划然停住。张敬斋在那张圆椅上伸一伸腰板，捻一捻眼睛，像企图给予一种刚从疲惫的瞌睡里醒过来似的印象，然后懒散地站起身，对新来者招呼着：

“尤先生，今天你有头堂课?”

“我那一天不是这么早的!”

“那真累。”

“有什么办法呢，”尤丹初一边把书本在桌上搁，一边从裤袋里抽出手帕来拂着身上的粉笔灰，“这儿退了课还得赶上局里去。”

“学校又这么远，路上怕足足要三刻钟吧?”

“可不是。”

“幸亏这几天日子慢慢长起来，要是在冬天，在……”

发现尤丹初只顾自己在一只抽斗里翻寻着什么东西，没心思跟他说这些闲话，张敬斋只好把话停住，茫然站立着。休息室里又陆续进来了一些人，他仿佛害怕那张舒适的坐椅让人侵占了去，便从新坐下，又捻着眼睛，伸着腰。

像有心跟他轮班，这一回是轮到吕次青站起身。他却没有跟谁说一句话，踱了一阵，走到放字典的台子跟前，忘记了自己底国文教员这身分，把一部《汉译韦氏大辞典》胡乱地翻看，——

“阿——巴——克——斯——”

在头一页里拣出一个字来用强硬的声调这样念着。刚念完，他马上就意识到这举动底无聊了；难道算表示自己也认识几个洋文吗？他不好意思地急忙把字典翻拢，回转身。休息室里人更多地聚集起来，却大家留意着不多说一句话；简直是一种不期而然的相持，这沉默似乎比平常的乱谈说了更多的话。他把眼光在屋子里茫然移转，不自知地转到了角落里的徐子修身上。他无意识地向他身边踱过去。

这许多时候，徐子修尽是把项背黏住在自己那座位底椅背上，不动，也不做旁的事，只像一架机关车似地拼命吸着自己手制的烟；刚才的经过在旁人也许只是一件无足重轻的小事，可是却使他到此刻远在脸上留着那一股乖戾的气色。他甚至想到了这样嚣张的学风下自己还应不应该干下去底问题。

“今天退课这么早?”

问了这话才看到徐子修那态度，吕次青开始惊奇。

徐子修却抬头对吕次青那么非正式似地望了一眼，用鼻子喷一口烟气，把嘴唇弯曲了起来，——

“这一班学生还教得下去，还教得下去!”

“啊,”摸不着头脑地应着。

“真是,真是跛扈得不成样子。宿舍简直成了旅馆,课堂成了茶馆,这样碰台碰桌的。”

“我们这儿学风还算好呢。”

“还好吗?”像不屑再说下去,眼光对别处瞥一下,吸一口烟,又回过来。“前几年比较好倒可以说,现在还说得了!——自然,这也不能完全怪学生;现在谁都想利用他们来驱逐这一个,拥护那一个,就把他们捧得皇帝一样高,谁都不敢碰一碰。不及格分数可以随便加,不毕业文凭可以随便送;照这样,中国底教育还怕不破产!……”

在愤怒的时候,徐子修简直有一副可以在四人乐队里唱次中音那么好的嗓子,响亮而且激厉,这嗓子在满屋子的沉默中震荡,一下子就把所有的眼光都吸引了过来。徐子修却昂起脖子,像要在他们之间找寻那个把中国底教育事业害得破产的罪人似地,对所有的人轮看着,把所有的眼光逐一地逼了回去。眼光在尤丹初身上停顿;这却使吕次青显出顾忌底神色,他两面看看,想用话来打岔,却不料徐子修已经旁若无人地从新开始了他底独唱,一边还用指节在桌上敲,——

“这班人什么都不学,学的就是捣乱;将来到社会上去什么都不会,会的就是捣乱。上一辈这样,下一辈当然又是这样,一辈辈下去怎么得了呢。”

“现在究竟潮流不同了，像你我这样还主张读死书，怕不给人笑落伍吗!”吕次青插进来说，随后，也不知是要加强这话底意义，还是要减轻它，他“嘿嘿”地自己笑了一阵，在笑声中摆手摆脚地荡开，不打算再听徐子修底答话。

“如果在前几年的话，这种情形，这种情形……”

陡然发现眼前已经没有了谈话底对手，徐子修气愤地望了望，只好把话停住。

还是把脊骨黏住在椅背上，拼命地抽烟。可是他终于记起第二次打钟的时刻是近了；无论在怎样的情形下，上课究竟还是他底责任。他长长地舒了一口气，丢掉烟，开始把下一堂底课本整理着，照旧拿来端端正正地跟桌边摆成了直角。

“这种情形，这种……”

心里还兀自在对自己喃喃着。

三

等打了第二堂底上课钟，那许多人上讲堂的上讲堂，回去的回去，屋子里一下子又变得空洞起来。只有尤丹初却故意把自己留在最后边，他目送着一个个人离开，随后，过去打开了原先那一只抽斗，拿出了两个封得好好的纸包，看一看。显然不会有人偷拆过，便放心似地分塞在两个庞大的口袋里，又捱了一些时刻，才悠闲地自个儿走出门去。

走过事务室门口的时候有意无意地向里边望一望，只见汪德邻反背着手，在屋子来来去去的踱着。

一笑，没有去招呼，就顾自己走开了。

汪德邻也没有看见他。

他已经没有课。在头一堂退课的时候他曾经给了校役陈三一块钱，还叫他送了两个条子到学生宿舍去。他一个人轻松地走到校门口。刚出门，三五个洋车夫聚集拢来，用纵横的车杠把他底去路拦住了。这一回他却例外地摇着头，一辆车也没有要，只跨过车杠底迷阵自己走着。那地方已经是郊野底样子，要不是为着这个包含六七百人的学校底关系而形成了一个小小的村落，四周围就难得有人家；校门口的道路虽然不算窄，却连拖过一辆洋车都会扬起叫人闭眼的灰尘。原来就不是一个散步的地方，尤其在这上课时间，更是清静得不见人。他孤单地在这条灰土的马路上走了一段，到校舍近傍一家小吃店门口，停下来。在这时刻，小吃店里面不但没有顾客，就连管店的似乎也不见。

“还没来吗?”

正踌躇看，他抬头瞥见了四块斜方形的红纸上那“登楼雅坐”四个鬼怕的大字；这地方他还是第二次来，不知道还有楼。顺便向街路两边望一望，走进店堂，上楼去。

在楼梯上听到一阵男女夹杂的喧笑声，那声音有点辨别得出。“他们已经来了，”心里想。到梯顶，掀开·幅白布的门帏，就看见黎汉正拖住一个女孩子底手腕，拉拉扯扯的，让她一边挣扎，一边笑；另一个叫姜立恒的学生却坐在那儿自己并不动手，只从旁助兴似地嚷：

“亲个嘴怕什么!”

猛地看见尤丹初来到，黎汉只好把手放松，招呼着。

“你们等了好久了吧?”

“我们也刚到。”

尤丹初站在那里对这小楼四周端详着，——

“想不到还有这么个好地方。”

说着，在两张方台子连接起来的桌边坐下了。那女孩子走近到他身边，用手指掠了掠弄零乱了的头发。“这位先生要些什么？”用黏湿的声音问，一边还对黎汉像埋怨似地斜乜了一眼。尤丹初一时也没想起该要些什么好，只抬头对她看：虽然只穿着花布的衫裤却也有三分娇，眉毛细淡得显然是修过了的，不过脸色带苍白，年纪似乎也小得可怜。仿佛有了先搭几句讪底兴致了，却到底有点身份底顾忌，尤丹初对那两个座前看一看，问：

“你们还没有要吗？”

“等你呀。”

“咖啡好不好？”

“咖啡是要现成煮起来的，你们等得及？”那女孩子摆一摆身子问。

“来不及，留我们过夜也不要紧，”黎汉打趣着。

尤丹初笑了笑，“就来三杯咖啡吧。”

“你们看，还是这位先生好，规规矩矩的。”

“谁跟你不规矩过了？你说。”

她笑着，骂一声“短命的”，顾自己飞快跑下楼；后边黎汉却在嚷：

“阿素，规规矩矩先拿一些西点来吃。”

等那女孩子走转背，尤丹初把凳子向他们两个人掇近一步。大家脸上似乎显得正经了一点。他沈默了一会，又向四面一望，开始问：

“这楼上不大有人到吧？”

“有老黎在这儿谁还敢闯上来！”这一次却是姜立恒回答，“他差不多把这地方包下了。”

“谈谈话倒比下面方便得多。”

说着，从口袋里把两包东西拿出来，搁在他们两个人中间，不一定算是交给其中的那一个，——

“这是传单，给他们搅得昨天才印好。”

黎汉把两个纸包捏了捏，“就只有这一点？”

“学校里边这一点已经尽够了。”

“外界呢？”

“外界有我负责，你们可以不必顾问的。”

姜立恒把封得紧紧的纸包拿在手里，翻动着，开始在封皮上撕，像要打开来先把里边的东西看一看。黎汉却阻制着说：“现在看它干什么，先收好吧！”他就把拆封皮的手指停住，只拿两包东西叠搁在一起；他把眼睛霎了几下，——

“今天就要发出去吗？”

“已经是马后炮了，再耽搁下去还有什么用！”

姜立恒显得稍稍迟疑，“这里面是怎样署名的？”

正要回答，却听到楼梯上得得地一阵响，尤丹初暂时把话停住，只见阿素托着一大盘的西点和盆子走过来，赶忙搁在桌上，累得差不多要喘气了。她来到，黎汉底眼光立刻又变得浮动，像没有心思对付眼前这场谈话；那女孩子可不做声，在各人跟前派好盆子和叉子，并不下楼去，只姗姗地走到窗边，靠在窗槛上向下边望。

"我们顾自己谈好了，她懂得什么!"姜立恒先动手扠起一块蛋糕，咬了一口，带着咀嚼声说下去，"我说，那传单上的署名怎么样?"

"自然学生全体底名义。"

"全体，"重说了一遍，姜立恒显出一张顾忌似的脸。

"你们前天那个会究竟开得怎么样?"

"议案是提出了，却没有结果。"

"老黎怎么对我说什么都不成问题呢!"

尤丹初也稍稍沉吟一下。沉默中，听到阿素靠在窗口嘴哼着一支流行歌曲；黎汉不安定地坐着，终于敖不住，从座位转过身，——

"也会唱《桃花江》呢，谁教你的?"

"我们谈正经话，别竟顾着胡调啊!"

"你们谈好了，谈好了，"转过头来嚷，"我什么话都听到的。"

笑一笑，没有再去睬他，尤丹初只顾自己对姜立恒继续这样说："我早叫你们把会成问题的那些人底名单先开来给我，我就有办法；现在还来得及，得赶快弄起来，就多写上几个名字也不要紧。……不过，……不过这一回我想是不会有什么麻烦，驱王料来没人会反对，……就是反对也不会有力量的……”

“就怕是对全体底名义来一个否认。”

“那一回不是大家签了名?”

“签名的只有七八十。”

“不要紧，七八十也好说多数了，谁一个个数过来!”

说着，回过脸去，找黎汉，发现他索性离开座位，走到窗前，又开始跟阿素纠缠了。

需要对姜立恒说的话仿佛已经说完：剩下的，却是要对黎汉说。尤丹初这才叉了第一块点心，一边吃，一边对窗边带几分焦急地望。

“咖啡怎么还不好！看看去啊。”

黎汉似乎没懂得这是为要把阿素调遣开去。他让阿素走下楼，自己把脚尖一旋，回过身，站在椅子背后伸手抓起一块奶油糕整个儿往嘴里塞。尤丹初不想失去这机会，咽了嘴里的东西，正想开口，却不料黎汉猛然想起了什么，倒先满嘴含糊地大声嚷：

“这一回事情成功了有几个教员可非停不可!”

“你说那几个?”

“第一个就是徐老头子。”

“怎么你倒想起他？那家伙万事不管，没点儿作用的。”

“我就是讨厌他。”

姜立恒就笑着夹进来：

“是因为老黎自己跟他闹了蹩扭啊；就在刚才……”

“你别说，你别说，”黎汉抢着要自己说，“他故意要找我捣蛋，今天也不是头一次！”

怪不得刚才教员休息室里看到徐子修是那副满肚子不痛快似的怪劲儿，尤丹初悄悄地想；可是他却无心追问这事情底经过，“他那副老气横秋的样子的确怪讨厌的，”只这样敷衍一句，便接下去说，“这小问题慢慢谈，我说，黎……”

“你说徐老头子不能动吗？”

“迟早总会动的，不过他多少在旧校友方面有点信仰，而且二十多年了。”

“那不成，这一点办不到我还干什么！”

“你总是这样急！这一点小事情一定要办还怕办不到，不过慢慢来；那家伙就是脾气坏，其实一点不中用的。——我说，现在重要的倒是又要劳你到你姊夫那儿跑一趟，请他多招呼几个校董。”

“那容易，要他写几封信就成。”

“容易是容易，你可别一天两天地懒下了。”

“几时去呢？”

“最好就今天去。”

黎汉搔一搔头，却答应不下来。他不久以前刚巧约好阿素下半天带她出去玩的，想不到给这麻烦的事情来打了岔。正迟疑着，阿素端上了咖啡。

“呵，总算来了，我还当真要叫我们等到夜里呢。”

姜立恒枯燥地俏皮着，却没人接下文。

那女的也不响，先是安分地在两个人跟前搁了咖啡，下了糖，然后挨到黎汉那边去，却不动了。

“怎么我没有呢?”

“难道自己不生手的，”作痴作呆地要他自己拿。

尤丹初一边用匙羹调着咖啡，装做不看见，一边还是那么郑重地说：“黎，这事情总得你多负一点责，今天去一下拉倒，几天忙过就没事。”

“也好，”嘴里这样答，心里想，捱到明天总不太迟。

“事情要说得详细点。”

“当然。”

随后黎汉笑着，伸手去拿杯子。

觉得再多叮嘱也没什么意思了，低下头，像对眼前人和人底动作不愿意看见似地顾自己喝咖啡。尤丹初心想单靠这糊涂鬼究竟没准见，打算自己去跑几个地方，在手表上一看，禁不住惊诧着，到这儿已经过一个钟头了。他从皮夹里摸出了一块钱，搁在盆子里，并不对阿素，却是对黎汉这样问：

“够不够?”

那个对盆子一望，“随便。”

又从口袋里摸出了四毛钱，加上。“你们多坐一会，我先走了，”这样说着，站起来，整一整衣衫。姜立恒跟着站起身，他也要走。

“那么大家一起走吧，留我一个人干吗!”

黎汉还对那女孩子捣了几句鬼，她笑，要拧他，他霍地把身子挣脱，站立着，嘴里又说，“你记得了没有?”随后也笑着，却首先抢出门帘去。这里姜立恒忽然又显出了胆怯底样子，挨近尤丹初一步，例外地称了一声“尤先生”来开始他底话：

“我托的，托的事情现在有没有办法?”

“不错，我忘记告诉你了，”尤丹初突然记起来似地暂时停住脚步，站在那儿说；“先前说的那个地方恐怕困难，教文会里弄个名目倒容易，不过比较差。”

“差不差倒不管了，只要……”

“比方挂名的干事吧，至多不过三十块。”

“这，这也好，总要请特别照应点，想个法子。”

“那自然，不成问题。”

却听到黎汉在半扶梯向上边叫：“怎么倒不来了!”

“好，我们下去吧，”尤丹初笑着说，“回头老黎要疑心到旁的事。——你那两包东西别忘记。”

站起来的时候果然把那两包东西忘记了，姜立恒有点不好意思地从新回到桌边，拿着，稳重地挟在胳膊里，在阿素底沉默的目送下掀起门帏，赶上几步，跟黎汉一起走下楼梯来。到半扶梯尤丹初又对姜立恒叮嘱了一句：

“你要随时催他快去的。”

三个人正走下到小吃店门口，就猛然看见有一对男女一起在那条多灰土的路上走过来；他们虽然同走，左右间却隔开了好多距离，男的空手，倒是女的在腋下夹着一大叠的课卷。尤丹初认识是史地教师兼初中部主任的樊振民；女的并没有正式会见过，却知道就是刚才说起的徐老头子底女儿，附小底教师徐守梅。他似乎想缩回去，来不及，已经被对方看见了，互相都有些顾忌似地约略点一点头。那三个故意把脚步放缓，等他们走过，而且走远了，尤丹初才回过脸去对两个学生说：

“怎么会刚巧碰到他的！——这个人我知道，你们要留心点儿。”

于是他扬着手，远远地招呼了一辆洋车过来。

四

飞快的车轮子掀起了灰尘，从后面赶上来打身边滚过，在道路中央走着的樊振民急忙避到一边，屏住呼吸，把眼睛暂时闭着。等敖过这场风沙底迫害，从新把眼睛张开的时候，尤丹初底背影已经在前面慢慢缩小了。他抖一抖长衫，心里也正想起，怎么刚巧会碰到他们，顺便回头望，望见那另外两个已经转进校门去。他稍稍挨近了徐守梅轻轻问：

“那个人你认识？”

“我是一个也不认识。”

“我刚才说起的正就是他呀。”

“就是他！是其中那一个？”

“坐上洋车的就是；另外两个是学生，可不知什么名字。”

“啊，”茫然应着，徐守梅懊悔刚才不好好留意一下，她还没有认识得清；再前后望望，已经来不及了。

停一会，她缓缓地说，“你预料他们在学生方面一定有连络，现在可证实了，看他们那副鬼鬼祟祟的样子。”

樊振民默然。预料底证实仿佛在那向来那么明朗的前额上开始刻划了思虑底绉纹，显出迷惑的神情来。这还是一个岁数估不到二十六七的年轻人，生着一对锐利的眼睛；这眼睛惯常会给予一种爽利而坚决底印象，此刻却稍稍有点凝滞了。午前的阳光照在荒僻的道路上，照在两边的菜地上，蒸发出了泥土底气息，逼出了人脸上的汗珠。他那么无言地走；为要不要在赶不快的同行者前面，脚步是下得那么慢，一边悄悄地沉思。可是他们两个人却还照旧隔开得那么远，似乎时时都意识地保持着性别之间应有的距离。

走了一程，倒是那女的先耐不过沉默，她远远地问：

“我们究竟需不需要有点态度呢?”

不知怎的，这突如其来的问题却使樊振民感到她天真起来。他在想着的那里还是需不需要有态度底问题；问题是：怎样行动！这实在差得太远了，他对她望了望，也有点兀突地笑着答：

“你真是你父亲底好女儿。”

“怎么?”

“不过也多少有点不同，”没留意到对方底诧异，顾自己说着，“你父亲其实是对什么都有他不变的态度，可是自己并不知道，你呢，根本没有。”

这话是什么意思啊？徐守梅不懂。不过那略带点取笑的意味是容易明白的，她有点生气。她不再追问，他却是打算等着她底追问再详细替她解释。没有话了，又沉默着。樊振民望着她，发现了那种严肃得过火的气色，也开始感到自己底话说得太弯曲，分量也太重了一点。他又一次稍稍挨近去，——

“生气了吗？”

“没有，”平淡地答。

她又特意让开几步，保持原来的距离。

走了这一段路，阳光似乎显得更蒸热了；他看到她明净的脸上泛出红晕，还微微喘着气，左手似乎已经吃不住一大叠课卷底重量，换到右手。

“我来替你拿吧。”

“不要。”

“你累了，这儿没有人看见哪。”

徐守梅这才转嗔为喜，颊上露了露笑涡，把课卷让樊振民接了去，一边说，“知道说话伤触了人吗，却又来讨好！”

“也不是有心伤触你的。”

“真不知是什么道理，你前几年并不是这个样子啊！”这一回她让他挨近着，不再避开，而且她已经走在道路底极边上，要避也无可再避了。她只是悄悄地想起往日，想起樊振民还在这同一个德生中学当学生，时常到父亲寓所里来走动的往日，那时她和他之间的友情正慢慢达到成熟，她和他之间的谈话，通信，也从来不会发生些微隔阂的。可是现在，她略带几分感慨地说下去，“自从你到日本去溜了几年回来，也许你自己并不觉得，说话常是这么奇奇怪怪，叫人根本听不懂。”

“这是因为你自己不了解我现在的思想。”

“还这样说呢！如果你现在真对什么事情都比我懂得多，你应该仔仔细细，明明白白对我讲，让我也懂得。”

“我不是时常对你讲了吗？”

“讲是讲，总不透澈啊。”

的确，徐守梅近来时常感到一种更能够了解他底需要；近来，他们虽然还照样地熟悉，亲近，可是精神上的某一种东西却仿佛慢慢在疏远着。她觉得自己是能够把先前存放在头脑里的东西都一一腾空，等他把新的东西放进来的，可是就在这一点上他都使她失望。他永远显得那么忙乱，就连空下来的时间都像在心里想着旁的事，没闲暇的心情来满足她无形中的要求。这样想，她不自知地轻轻透了一口气。

樊振民是懂得了她心里在想着什么事；他抱歉似地对她看，他自己也知道有时候确实缺乏那一种把什么事都对她详细解释底热忱。可是这一回却并不。“我正打算对你讲，你自己先来呕气，”他和顺地辩解着。

“现在才这样说呢，刚才只顾着取笑人。”

“不过随便说说，谁有心取笑你!”

“好，那么你说吧。”

经这样太郑重地开了一个端，樊振民倒真觉得一下子不知道应该从那儿说起才好；一场轻便的谈话像是成了上课，成了演讲，他倒需要先整理出一个头绪来。稍稍停一会，他才说：

“这事情第一步当然要先明白各方面底内幕。”

“你刚才已经说了。”

“清楚没有呢?”

“说过当然清楚，我又不是笨人!”

“那很好。第二步，比方，我们就要想到应不应该对付底问题。自然，我们对王校长也不能同情：他不但私德差，三年来对学校方面也只有坏的成绩，我们要替他说话都无从说起的。不过那另一方面，他们如果真搅进人来，那无论如何一定是更糟，比以前更糟得多，——”

“你知道他们一定会搅进人来?”徐守梅插嘴问。

“那自然，否则他们闹什么!”

“不过他们还没进来，你怎么能断定糟?”

“你只要看旁的那些地方底成绩。”

“说不定这次不同。”

“唉，这一点你怎么这样不了解！我对你说，——”

正这样说，却不知不觉地已经走到了徐守梅底家门口；他们都吃惊地感到今天这条路程怎么会突然变得缩短，仿佛刚离开校门说不到几句话就已经到了底样子。樊振民只好把话和脚步同时停住，

“怎么，还是到里边去坐一下吧。”

“……”他在想起已经支配好了的时间。

“还有要紧事情?”

“要紧是不怎么要紧。”

“那为什么不肯去坐坐呢!”徐守梅一边在扯着门铃上的绳子，一边说，“你说了一半怪难受的。”

“也——好——”迟疑地答应。

五

屋子虽然在直达学校门前的那同一条大路上，往常来去，步行却也需要一刻钟以上的时间。是由竹篱笆围着的三间平屋；篱笆中间的木栅门比较凹进，像故意躲藏着叫人不容易找见似的。门铃丁东地响了，好一会，从里面走出了一个态度麻木，步履蹒跚的女用人，替他们开了门进去。这院落，因为校务底烦杂，樊振民已经有几天没有来到过，不想到在这烦杂之中，春天已经悄悄地不见，盘结在篱笆上的两三株蔷薇只剩下深绿的叶子，角落里的一株低低的石榴却正在开出火红色的花来。初夏，阳光在彩色里映照得那么耀眼，叫人一进门就有心旷神驰底意味。他们经过院子，走上堂前。屋子底构造和陈设虽然都那么简单而朴素，但在这地方却并不是定要华丽的皇宫才是会叫人迷恋的去处。樊振民把一大叠课卷搁在茶几上，转过身，有意无意地对院子一声不响望着。

“你坐一下呀,”

徐守梅拿起课卷,走进侧边自己房里去。

他可并没有坐,只站在两步坡级上面的廊檐边等待。突然间,他像得到一种瞬间的恬静底感觉;他仿佛意味到这地方每一立方寸的空气都跟自己一路想着的事情不能调和。这地方有的是和平,有的是退避底情趣,在这样的环境里叫人怎么会理解人生乃是斗争呢!

“太远了,差得太远了。”

他在心里对自己这样反覆地说,像在受考试的时候临到困难的题目般踌躇起来。

不一会,徐守梅从侧边房里走回到客堂间。她态度像是显得比刚才在路上一起走着的时候生动了些,没那么严肃,没那么像对谁抱怨着什么似地严肃了。她跨着轻快的步子走到他身边,这样说:

“已经十一点半了,在这儿吃了饭去吧。”

“怎么,这样迟?”像有点诧异。

“反正上午也做不了旁的事,一准吃了饭去。”

樊振民自己把时间又安排了一下,就也不再推辞,只用无所表示来表示了同意。他一转身,像打算在那儿案边坐下去,女的却对那几张椅子一看,仿佛嫌厌着在堂前那么庄重地对坐起来底形势,就随手拖起两把轻便的藤椅,拖出到户外的廊檐下,一边说,“我们还是这儿坐吧,可以随便些。”

于是，随便地跟到廊檐下，就在一张藤椅上坐了；她却并不坐，让自己站在那另一张椅子背后，手腕扶住了椅背，靠着。

五月的阳光已经慢慢地往南移，正午，晒不到廊檐下来，只是那种耀眼的逼射却会叫人想起行将来到的繁盛的夏季了。樊振民先是对她看，随后又对院子看，像是一时间找不出什么话来说。

"你瞧，我们这院子布置得比以前更好了吧。"

是女的先说，说时伸手向外边画着圈子。

"好，"轻轻答。

"不过你是不大喜欢花草的。"

"你们才有这样舒齐的心境哪。"

简直带着些感慨底口气了，说过，像还不能领略这小庭底清趣，他只是照旧浸在沉思里。好久，才把头稍稍抬起，有点突然地继续说着："你真是受你父亲底影响太深了，而且环境也太好。"

这话又勾引了已经开始散漫的注意，她不声，却是一副问着"是什么意思?"的脸色。

"据说也是当然的事，原是他这样一手教育起来的。"

"你指的是那一些影响啊?"

"这种淡泊的心境，这种独善其身底人生态度。"

"能够人人都如此，世界还怕不好!"

“瞧，这就是完全是你父亲一样的口气了；能够人人如此固然也好，可是事实上办得到吗?”

“大家不去办，当然办不到，譬如你……”

樊振民轻轻笑了，不等她说完就接上去，“自然，我也同样是你父亲一手教育起来，我本来也照他，也照你一样想。不过我环境没你那么好，什么事情都没你那么顺利，对生活的认识是要从生活上碰出来的。”

停顿。女的像沉思似地呡了呡嘴唇，忽然改变了把手腕靠在椅背上底姿态，绕过来在椅子上坐着，却把两条腿平伸在走廊前面的花架上。她多少显露了一种失望似的神情。“对生活的认识是要从生活上碰出来的”，这样说，如果未来的日子居然照她所理想的那么平平稳稳经过，她就一生一世没有认识生活底可能了吗?对生活矇瞳着这不要紧，而且她将一生一世没法子明白他是在想些什么事情了吗?这使她恐慌，甚至使她有点难堪了；她是多么渴望着能够进一步了解他的！她稍稍侧过脸，发现他也是刚要说话底样子，却停住，让她先这样迷惑似地问：

“无论如何，独善其身你能说不好吗?”

“不是说不好，不过这样，总……”

樊振民也感到不容易一下子用简单的话来把这意思认清楚，不过他总得说；随口咽了一口唾沫，他接下去：

“总，总还是不对呀！——世界上事情是这样的：

各方面都互相连结在一起，在一个方面着力，不中用；倒是如果一方面糟，那就会把什么都带糟：我们对什么都不能局部地看，要把世界上一切事情都连起来看。”

“你能看得了这许多？”徐守梅不信任似地笑着。

“自然，”那个倒显得更严肃起来，“只要有一个整个的世界观，就什么问题都会迎刃而解。”

“对什么都该有一个先入之见吗？”

“是的，只要这见解是不错。”

她又沉思起来。

“这且不管，我问你，比方说，教育这事业是不是对社会有益的，是不是一定需要的？”

“自然是需要。”

“那么专心办教育，可不就做了对社会有益的事？”

“问题是在你专不专得了。”

“旁的什么不管，那自然能专心。”

“如果社会各方面都糟，教育就会连带着干不好的。”

“那么爸怎么好好地干了二十多年？”

“这”，樊振民经这问难倒也稍稍感到棘手了，他口齿带点模糊地答，“这倒的确是一个极大的例外；我说过，你们是环境太好，——不过，不过这一回的风潮恐怕就是一个试验了：如果那班人真打进来，拿校务糊七八糟地一搅，他还能好好地干下去吗？我能料定的，人家就不让他走，他也走了，不信你看着。”

“你成见总这样深，人家没来就先一概抹煞。”

“我对你说过，成见是应该有的。”

“可总得有根据。”

“根据自然有，旁的不说，只看他们底动机就够，”说着，伸手把自己底头发往后抹了抹，更注意地让眼光钉住对方。“他们那里是像你父亲一样专心办教育来的：他们无非是抢一些地盘，制造一些饭碗，来安插自己底党羽罢了。这样的动机还会有什么好的结果！不但如此，你知道他们是主张把未来的青年教育成怎么个样子？这不但我个人在主张方面根本不相容，就连你父亲，他也一定看不惯。这班人无论在什么场合都跟我们站在敌对的地位。”

徐守梅像让他钉视得有点不好意思，她俯下身去，无聊地替盆架上的月季花摘掉一枝枯残的花柄，一边问着：

“你说该怎么办呢？”

“在应该斗争的时候而不斗争，那是一种懦弱。”

“那不等于跟人抢饭碗吗？”

“也不能这么说：如果知道人家搅起来会比自己好，就该让人；知道人家不成，就不能给随便夺了去。”

“你真会说话呀，什么都有道理的！”

嘴里虽还有点不肯认输似地这样说，心里却确实开始觉得他底话也多少有几分道理了，可是她却有一种在已经被说服了之后还故意要违拗着底孩子气，特别是在意识到自己比对方渺小的时候。她诘难着，不像先前那么自然地，而是用故意想出来的话。

“你也不过是空说罢了，”停一会，带着渺视底情态说，“要抵制，你也没有具体的办法。”

樊振民胸有成竹地从鼻子里笑一笑，——

“没学生看他们办得了学校！”隔了好久才答。

“你打算这样搅？”

“自然要到不得已的时候。”

“你说人家利用学生做工具，你自己也一样吗？”

“这完全要看带他们去干的事是不是正当，比方说……”

正说着，木栅门上的门铃忽然响了起来；把话停止，两个人同时抬起眼光，却已经瞥见了栅门外徐子修底隐约的侧影。女儿答应一声，赶忙站起来，过去开了门，没说话，只让他缓步地走进院子。这边，樊振民也从藤椅上端端正正站起身。

似乎走到很近才发现家里有客，稍稍停住，随后才很平常地微微点头，顺便低声问了一句：

“振民，你刚来吗？”

“来了也有好一会了。”

站定在那廓檐下，像禁不住步行回家底疲劳般显得轻轻喘气，脸上还盖着一层淡薄的阴沉底气色。这气色女儿马上就发现了，她也不问什么话，看他像陌生人似地向院子四周望一望，仿佛要说话，终于隔了好久，才轻轻加上一句：

“你们坐吧。”

就顾自己走进屋子，转到侧边自己底书房去。

老的回来，却顿然叫两个年轻人无意中在行动上加了几分拘束。他们并没有再去坐在那廊檐下，更没有继续刚才的谈话。徐守梅开始把藤椅子收拾到原地方，看了看钟，顾自己忙着关照开午饭，却把樊振民一个人剩下在堂前。他没意思地站了一阵，又踅到徐子修底书房口。

发现徐子修凛然地坐在一张旋椅上，吸着到处都准备好的自己手制的烟，猛然感到惊讶了，他开始趑趄，似乎想缩回，但已经到了门口却终于只好走进去。

“坐啊。”

樊振民拣一张凳子坐下来。

往常，就是在各方面都平静无事，徐子修也会在小小的生活范围之内找出许多题目来跟他谈的，今天，却只目不转睛地向他望着，顾自己抽烟，好久都没有一句话，仿佛对眼前的事变有一种顾忌的，不愿意谈起。在有那么一种特殊关系，从来就那么亲昵着的老师跟前，樊振民倒显得生辣辣的了；他也没有说话。两人相对默默，直到徐守梅过来招呼了午餐。

父亲那一分性子只有女儿是明白的。显然有什么事不对劲了，可是她知道愈是询问或劝慰，就愈是会把他弄得燥怒起来，每当这样的情形，只有让他自己慢慢想开去，过了一天两天，慢慢平复，那才是唯一的适当办法。

默默的餐时过去，她才悄悄地问了一句话：

“爸，你觉得累吗？”

“有一点。”

“到床上去躺一下，好不好？”

“不要紧，不要紧。”

稍稍皱一皱眉头，像不愿意任何人来关心他似地就顾自己站起身，还是回到侧边书房里，抽开左边抽斗，开始卷着烟。提到累，果然觉得像有几分累了；他并不再坐在惯常的书桌边却拣了那张舒适的摇椅躺下身去。

六

摇着，摇着，徐子修好久都没有从那张摇椅上站起来。短短的烟枝早就抽完了，让两条手臂麻痹了似地垂在靠手外面；头微微仰起，像在看天花板，事实上却并不看见。那地方是静得使他只可能听到自己那永远塞住的鼻孔里的鼽鼾声，以及从外间传来的轻手轻脚把餐具收拾了去底声音，两个年轻人低声低气说着话底声音。说着什么话他是听不到，但不是从听觉，他却留意到是在说着自己呢。

说徐子修果真为着当天这小小的纠纷而竟这样整天地抑郁着吗？这却似乎就连他自己都不敢十分相信的事。几天来，甚至可说几个月以来，他早就显得多少已经不是二十多年以来的平常样子了。这纵然没有影响到他那永远不变的生活规程，却到底在规程之外的生活上造成了一些难以觉察的变动。他常常像是疲倦。说疲倦，老年应该不会在一朝一夕之间来到；还不到五十的年岁呢！

只在一年半载以前，他还是那么对眼前生活底一肢一节都感到无庸置疑的兴趣，仿佛不知老之将至，突然，这种兴趣，这种对生活的热忱是零落下来，像残春底花瓣，掉了一片接着就是无数片，禁不住几天风雨就只剩下枯枝了。原因呢？他不明白，他也像衰惫得没劲儿去想起它，只让自己干燥地躺着。

女儿忽地出现在书房门口，站着，踌躇地没进来；他把眼光稍稍往下移，看她用手指掠一掠鬓发，要说话而中止底神情。要说什么话他能够猜得到，而且猜到怕他不愿听而没有说出口，他这一回像不忍再叫她为难似地倒把答话提前说：

“我没有什么，你尽管上学校去吧。”

“爸——”

“不过有点儿累，不要紧。”

“还是多歇歇吧，这几天脸色很难看呢。”

父亲没答；可是他那态度显出了他现在需要的不是安慰，却只是孤独。女儿站一会，只好说一声“我去了”，正想转过身，他却想起来问：

“振民呢？”

“他先走了，他说回头再来看您。”

“我又没事，他又忙，再来看我干什么！”低声喃喃着；随后就点一点头，“好，你去吧。”

在真正的孤独中倒像放宽了什么似的心稍稍开朗了。

等门铃一阵响，等跟出去的女用人关上门回进来之后，就连低声低气叫人疑心在说着自己的话声都不再听到，那地方底静默是完全了，徐子修倒才渐渐变得活动起来。他先是把两条腿叠着，抖着，终于，移上两条低垂的手臂，竟从摇椅上撑起了像临时加重过几十斤的身子，站着了。害病吗？累吗？他在屋子里带试验底意味走了几步路，开始感到刚才那种沉重倒是自己底心境给加上的分量，其实他是什么也没有啊。要是女儿真当他害了病，跟他一起守在家里，那倒说不定真会害起病来，还要叫人搀扶着躺到床上去呢。这样想，他禁不住从鼻子里笑了一下。

仿佛要替自己证明健康，他走到窗前，拿米黄色的帏幔稍稍扯开了一些，让阳光也带着健康的色泽，成了由窗槅割成的一些斜方的立体，射在书台上，射在地板上。他看到无数从来不被看见的微尘在阳光里轻轻地飞舞；沉静中，甚至连微尘都有了嗡嗡的声息了。他没有打算再在书台边坐下去，空洞洞站了一阵，把左右手底指节互相捏着，叫它们格格地响，让这声响来抵当沉默所带给他的无所依据的感觉。

他终于还是得不到要求孤独的人所应得的平静。

“做人哪，做人。……”

没有结局似地说着，对住阳光，正茫然于怎么处置自己的时候，他霎那间便感觉到有人向他飞过一丝嘲笑似的眼色来，这眼色仿佛在对他说：

“你到今天才懂得做人吗?”

受惊了似地向四边找寻，屋子里除了自己之外还能有谁躲藏着呢！可是感觉却那么真切，使他再不能相信是受了什么幻影底欺骗。他把眼光从门口移到窗边，又从窗边移到墙上。

墙上！一点也不错，那把他嘲弄的人是在墙上！惊愕更加大了，眼光终于在墙上那幅亡妻底遗照边停住。

至少有七八年，亡妻就从来没有移动过她那墙上的地位，而且像故意躲在一个不愿意时常来打扰他的角落里，让自己在一天天的尘污中慢慢暗淡，以至消没，有时竟会终年累月不跟在同一间屋子里的生前的丈夫打一个照面的。跟生前一样，她只是七八年地冷眼旁观着那拗执而又倔强的男子在兴抖抖干着他所爱干的事；可是，到七八年以后的今日，正当第一粒失望底种子在那稳定灵魂里抽出芽来的今日，她却竟生前都没有敢这样过地向他挑拨了。

徐子修禁不住向那照像走近了几步，抬起头，茫然望着。只生下两胎儿女就在中年亡故了的妻在照像里自然要比现在的自己年轻得多，她又的确微微在笑着，却显得只是一种落寞荒凉的笑，不自然的笑，里面是蕴藏着无限生世底悲感。这在徐子修似乎最一种从来没有懂得过的经验。如果说，他到四十七岁的今天才开始意味到人世底凄寂，那实在是太迟了。在少年时代，他已经是那么孑然一身，没有父母，没有弟兄，只靠一位远嫁的姊姊在相隔千多里以外遥遥地把他照应着、培植着。不过这可怜的境遇却只替他造成了那一分像顽石般谁也不能转移分毫的性子；虽说自己制造的人总往往永远是自己底主人，他却把这特点发挥到近于怪诞，近于冷酷了，有时竟是自己发现了的错误若经人提醒都宁愿错误到底底那种僻性。正为了这僻性，当他那唯一的男孩子在十四岁上夭折，不到几个月，妻子也跟着亡故之后的那不幸的几年中，似乎该有点寂寞的生世之感了，他却仅仅因为旁人底劝告太殷而拒绝了续娶之议，宁愿把十二岁的女孩子底寒暖起居交托在一个在当时就已经半聋半哑，但至今还被主人认为是忠心底典范的女仆手里。

说徐子修对自己家人根本无关心倒也未必；那几年，他也曾把女儿底塑造视为在学校底职务之外第一件大事了。幸喜阿梅遗传到的并不是父亲底顽石似的根性，而刚巧是母亲底那种任凭你捏圆捏方的柔和，要叫她把父亲认为生活中唯一的上帝是容易的。这情形供给了一个跟那夭折了的男孩子的对比，又多少能够给予做父亲的一些安慰，——

“像猪一样不受教诲的男孩子有什么用啊!”

这成了他自己慢慢制造出来的，无需乎再有男孩子底重大的理由，他时常把这理由对自己反覆说着。

尤其是因为跟女儿的对比之外，再加上跟樊振民的对比，他对亡儿的记念是更变得冷酷了。正在他家庭中遭到最大不幸的那一年，那个像跟他有着注定的缘分的少年人是从初中升入了高中，第一次把名字登入了他底点名册；年龄只比自己底阿梅大三岁，却不久就用似乎大到三倍还不止的懂事底程度引起了他底注意。更奇怪的是，出身和处境也像跟自己底少年时代相仿佛，一样地勤勉刻苦，同时还暗暗发现了远超过当初的自己的聪明。对这生徒，徐子修像是发生了某一种欲望似地时常会把他引到家里来，关心着他底思想和举动，会几小时不厌倦地跟他讲说着课程以外的事；当他临毕业那一年，忽然提出了因学费不容易筹措而打算辍学底话的时候，他又马上就感到父亲式的义务，毫不迟疑地答应了帮忙。

第一次的帮忙使樊振民稍稍惊慌着，而且是带几分勉强才接受的；一等到学年终了，他也有了小规模的自立底能力的时候，他就留意着将这些帮忙陆陆续续当做债务似地归还。

可是渐渐，这一对师生间的关系，是不但他们自己开始明白，就连守梅也明白了。有一些事情差不多已经成为当然的；纵然他们三个人谁都不声不响，却连那女孩子都会带点心跳地想起来，悄悄地安排着未来的日子。因此，第二次又由这位膝下无儿的老师不让人知道地供给着到日本去就学的那几年，樊振民就对什么帮忙都毫不迟疑地接受了。

日子像水一样平稳地过去，樊振民离开之后的这一对孤寂的父女也并不懂得孤寂是怎么回事，只是一空闲下来，就等着他底信，等着他答应时时寄赠的零星生活底照片，最后，等着他回来。（这其间，徐守梅也从一个女子中学里卒了业，走上了父亲替她一定不移地安排好的粉笔底前途。）

还有半年呀！

还有四个月呀！

还有三个月呀！

在还有三个月的时候，徐子修是破例地稍稍忙乱了一阵子，他去找了几回闲常难得到校的，而自己也从不去找的校长，结果是直到出发去接船的前一个星期才讲定了樊振民现在担任着的这职任。

那一天，女儿换上了一身新衣服，父亲却照旧是那一套大褂子，两个人几年以来第一回从学校里请了假，不伦不类地在码头上鹄候了一个多钟头，直等到见着了那个渴望几年的人底面，父亲就把三个月以来辛苦的活动底成绩报告着，女儿又说起三个人居然分成了三等级在同一个学校里底难得的机缘的时候，樊振民却无所表示地没说什么话。樊振民可能已经替自己准备好另一些在他是更适当的前途的，不过，即使在一位真的严父底任性的处理下他都可以提出不同的打算，而目前这情形倒使他只好像顺受命运底支配般默默地承认。当时他那种有几分不自然的态度是没有被发现的，只是，一种感到人与人之间的这一类关系渐渐显得反成为自己当前的一些障碍似的自觉，在日常的接触中却没有法子长期隐瞒下去。这位不自知地有着最大的支配欲的老师，他永远也不能懂得自己所一手提携起来的生徒是已经到了能够自己思想，自己行动的年龄；而一切他能够从感情上几乎可说是虔诚地接受的关心，他从理智上却在暗暗地拒绝，抵抗：这种精微的区分也是老师所从来不能理解。

徐子修是这样不知不觉地走到了精神生活底危机边，再加上那种校务方面的不安，（这不安像一个蛀虫，开始在把对职务的热忱和兴趣一丝丝地蛀蚀，像一个慢慢空了的坚实的果子，最后也许会只剩下一个皮壳徒然地美丽着，）便时时感到眼前的一切都在零落下来。几个月、他连自己都说不出所以地觉得倦惫，衰乏，以致到几个月之后的今日，那幅极平凡的亡妻底面影都会使他陡然间感到空洞，荒凉，使他好半晌地对它呆沉沉看着。

看着，看着，妻在照片里像更灵活起来，先前那种讽笑永没有离开过她底嘴唇，却反像更富于威胁底意味了。妻凭什么来嘲弄他呢！他倔强地辩解；但他却从茫然变到恐慌，他意识着要逃避。妻简直是在责难了。责难他为着一个到底要变得无所有的事业底幻想而在她生前对她吝啬了所有人生应有的享受吗？不错，他猛然想起了为怕对职务分心而在结婚后还离居着，宁愿把自己关在一桌一榻一椅的宿舍里的那种生活。不过他自己可不是同样地苦心忍受着吗？他还是倔强地辩解。

终于像激怒了一样把眼光从墙上移开，甚至像在妻生前一样不愿意跟她同处于一间屋子里似地茫然走出书房来。到堂前站定了，对住院子，对住满院子的阳光，闪耀的逼射使他一时间皱了眉眼，皱了嘴唇，显出一种不屑着什么似的神态。

“这是一点道理也没有的！”

自己努力宽慰。

他想像这不过是一时间体质上的虚弱所引起的精神底恍惚，事实上并没有一点儿必要，没有一点儿根据，在他四周是一切都没有变动，也没有变动底朕兆，只自己底虚弱把朕兆召了来。也许真老了；虽不到年龄，可是积瘁之身到这时候多少会跟平常人不同吧。他仿佛想起了休息。他端过一张藤椅，在廊檐下坐着。

说人生是服务，那么他也可以算是尽了他底本分，将来到该让后一辈接上去的时候了。也许刚才在盛怒底刺激下偶然触发的不干底决心倒是最适当的办法；至少，从下学期起，他也该减少一些钟点，别再是上到最后一堂课的时候气吁吁地连话都几乎说不上来。他当然还可以在这地方住，看那一对年轻人早出晚归，一起过着平静，愉快的日子。（他相信樊振民迟早会搬进这屋子来的。）省下的时间他可以多看一些书；或者就多弄一些花草，把这不算太小的院子布置得更稠密起来。他对花草从来就有着似乎是天生的爱好，往常，怕太担误时间，他总在“玩物丧志”底自制之下抵当着好多次的引诱。以后的情形可以不同了，这样一刻不放松自己底紧张将成为没有多大必要，到这时候才向人生取得这分酬报也不算太过吧。这样想，他把眼光抬起来，慢慢地向院子四周审量了一遍。院子里余地还多着呢。那左边的空隙不妨搭起一座花棚来填补，给攀上些葡萄；也许还是蔷薇或是紫藤好，葡萄是不开花的，而且要三年才结果。要不然，葫芦，北瓜之类倒更富于田舍底风趣。至于那花坪上自然该植些珍品了：腊梅，山茶，就是最难伺候的兰花也不必限制于这三两棵，……

兰花，想到兰花他忽然记得那几株梅心自从开过花，给移植到了花坪阴面的石缝里去之后，他仿佛已经好久没有见到了，不知可长了新的叶子没有。想起来，他就像刻不容缓地有了去探访一遭底渴望。他站起来，走下坡级，沿花坪绕过去。他找了好久，可为什么一下子找不到呢！

他蹲下身，才发现那几株孤高自赏的兰花已经没在一些野草堆里，别说新叶子没有，旧的几瓣也显得枯焦，而且还结满了蛛丝。

“叫她留心的，倒留心成这个样子吗！”

皱一皱眉毛，在心里这样地把女儿埋怨起来。

除了自己动手还有什么办法呢！他把身子更蹲得低一点，卷起了袖口，用那种不熟练的手势开始拔着草，却不料刚拔上几手，就让野草生的刺毛触痛了掌心，——

“该死的！”

他更没来由地自个儿愤怒起来，自己看着手掌，只好把拔草底工作停止了。让它照样留着，叫她回来自己看看吧。下了这残酷的决心，他宁愿让那几株心爱的兰花在杂草堆里再委曲几小时，可以叫渎职者看到自己底过失俯首无辞。他站直身子，看了一阵，终于像怪不舒服似地走开了。

照他底性子，别说珍贵的兰花给这样糟塌，就连在他那一片土地上无关紧要的地方偶尔多生一两株他所不愿意的小草来，都会使他皱一下眉头的。他不高兴，与其说是对于这小草本身，却还不如说是为了别人没有遵照他底意志时时刻刻留心着，没有在不让他看见之前就拔掉。尤其是对于自己底阿梅了；他似乎要求着这不但要成为她底责任，而且要成为她底兴趣，原因是他自己对这有兴趣。往常，每碰到这样的情形他就会把阿梅硬生生从房里叫出来，无论手头有什么工作都得暂时放下，先把他所关照要拔掉的草拔掉再回去。可是今天底情形还能说吗？刚才那种好容易才自己排遣开去的恼闷又加重了分量回来；那种他努力相信不是的情形却更显得清楚而且具体，仿佛只怕他认不真似地特意来提醒他，刺激他。

“她近来真完全变了，以前那儿是这个样子的！”

从草坪边慢慢踱回来，一边想着。

近来，显然是樊振民回国之后的近来呀！这是真相，这是对自己都不能再哄骗过去的真相。他很清楚樊振民对花花草草根本没有一点兴趣和爱好；但是那家伙却有这样的力量，会叫自己底女儿都把原来的心性失掉了。

一想开，近来一些轻易不敢想起的枝枝节节的情形他都一下子勾到了记忆里：跟他们说话是似是而非没有诚意地回答，两个人正在唧唧哝哝一看见自己来到就会突然沉默：诸如此类，他早就尖锐地意识到，却偏偏意识地不愿相信，可是现在，他还需要对自己隐瞒吗？显然的，眼前这问题还只是小事，他近来那一方面不意味到樊振民是事事跟自己背驰着，对立着，而阿梅又事事都若隐若现地在离开自己，渐渐倾向到那一方面去呢！“振民，振民，”他轻轻叫，这孩子究竟怎么回事呀！只在半年前还把他当做自己身上底三分之一似地挂念着，却一下子连另一个三分之一都给牵连得成了别人。总有一天，他们会明显地违抗了他底安排，摆脱了跟他生活上以至精神上的各种关系，干脆顾自己飞开去，让他奇零地剩下，抱着破碎的心，让他自个儿等着老年，等着死，……

一时间愤怒又从新变成伤感了；他甚至觉得为着几棵小草把女儿责骂都没有什么意思；她会毫不感到自己底错，反觉得他在生是生非地挑剔。几乎可说是生平第一次他感到孤独，同时更残酷地感到自己这样节制底一生有点徒然。

“做人哪，做人……”

他又这样毫无结论地自言自语。可是这一回，他像更看清楚眼前发生的是一些什么事；他回到藤椅边坐下，望住天，望住阳光，更把眉额紧皱了起来。

七

那一天，樊振民在徐子修家里匆匆吃了午饭，自个儿回到他底住处，干了一些琐屑的杂务，还不到一点钟，便又从新上德生中学来。刚进校门的时候并没有发现什么异样，可是快走到那条把几处建筑连接着的长长的行廊上的时候，却就看到了有许多人拥挤在揭示牌旁边，乱哄哄的，简直比等看篮球赛还热闹底样子。学生宿舍恐怕把所有的居民都倒空了吧？要不然，那来的这许多人呢！再稍稍留意：不单是那揭示牌，就连那一带行廊底每一根庭柱上都新添了不少花花绿绿的点缀；彩色的纸条，碗口大的字，“驱逐王仲实”，但除开替这名字安上的一些形容词之外就没有多大变化。显然贴上了还不久，有几条看得出连背面的浆糊都还湿着，料来至多不过半小时以前的事，却已经造成这可观的骚动了。

他望了一阵；纵然并不感到太新奇，他到底带几分好奇地向那人口最稠密的地点走近去。除了标话，揭示牌上还密密排排黏满了新的布告，是铅印的，那么小的字体远望过去简直一点也看不清。他在那人丛底外圈站住，像打算挤进去看一看，但终于因身分底过忌而停止了。

嘈杂的人丛里有一个认识的学生发现了他，回头招呼着，还仿佛稍稍替他让开了一条路。

“你们在这儿看什么呀?”随意地问起。

“看我们自己底宣言。”

“自己底宣言要到发表了之后才来看吗?”

笑着，没有答。

可是这几句话却叫揭示牌前面的好多人都把头转过来，看到他，一下子都也争着替他让路了。

“樊先生，你也过来看看哪。”

其实在樊振民，他此刻倒并没有非得要把这张宣言马上看一看底热心；纵然不看，内容他已经可以猜得到。重要的，他却是打算在这乱嘈嘈的人堆里注意一些学生方面对这事变的反响和空气。可是经这样热心地邀请，他就在那特意替他让开的空隙处挨近了一步，抬起头，很费劲地把那分布告底一头一尾先看了看。除了那是用着学生全体底名义之外，他还发现下面原来印好的是四月二十一日，却用毛笔加上了一勾，才改成今天这二十七底日子。（那班人内部也薄弱得很呢，一分宣言也会迟上一个星期才搅出来!）他一笑，又把全文似是而非地睔了一遍，就转过身回出来，退到比较不拥挤的，揭示牌侧边的地位。

刚才那热心地请他过去看一看的学生陈建功也离开人群，半有意地走到他跟前来，——

“樊先生，怎么样？”没头没脑问着。

“还用你们驱逐吗？王校长已经走了。”

“我们是根本就不知道啊。”

“……”樊振民只笑笑。

陈建功停一会，等不到答话，便转过身找到近边的另一个同学问：

“你事前同意了没有？”

“我也一样。”

“简直谁都不知道从那儿来的，全体！”他没意思地站了一阵，四边望望，又突然作着“妈得”二字底评语，甩手甩脚走开去。

可是一时间，樊振民四周却又聚集了另一些生徒，成了把他包围住底形势，谁都昂着脖子等，仿佛谁都以为他会说几句话的。他偏像故意不明白这种无意中的要求般始终没有加添一句，只是悄悄地发现了一些离开远远的，向他敌意地侦视着的眼光；他仍是带着笑，旁若无人地把眼光向无需注意的地方茫然移动，一边就不知不觉排开人群，缓缓走向自己底办公处。

在议论纷纷的一路上，他可以偶尔听捉到有人是像局外人一样客观地商讨着那宣言给王校长加上的罪状底虚实，也有人正指着一幅标语，非难那上面的“底”字用得不当，应该用“的”字，但主要的，他究竟发觉了对“全体”这名义表示惊愕或甚至愤懑的浓重的空气。只要稍稍给予鼓励和刺激就会动作起来的一分力量啊！他自己想起，可是他不打算在这还没有多大必要的时候就性急地用到，宁愿让它潜蓄着，更强的压力会造成更大的弹性，到那时候，就可能收到加倍的效果了。……

一边想着，不知不觉离开了三三五五的人丛，来到办公处门口。是一个专为初中部而设的，需要从教员休息室底另一方面转进去的房间，背后是用薄薄的板壁跟事务处隔开了的。他并没有碰到任何同事，行廊上也没有旁的人。他拿出留在自己身边的那一枚房门钥匙，一边禁不住诧异着那地方底意外的平静，正开进门去，却猛然听到从屋子背面传来了一阵杂沓的脚步声，像一下有许多人聚集到那事务处去底样子。接着是一个带痰音的，粗糙的嗓子在嚷：

“陈三呢？他怎么又跑那儿去了！”

听得出是汪德邻底声音。

随后是在骂着人，却模模糊糊地捉不到在骂些什么话。樊振民在自己座位上坐下来，没有去动手本来打算动手的工作，只一个人静静地隔着板壁偷听，听到那同一个嗓子不久又马上提高着，——

"怎么！你们还呆在这儿干什么！叫你们去撕就去撕；快去呀，快去呀！要撕得它一张都不剩，听见没有？"

照口气听，显然是这位事务主任对校役们的命令遭到相当窒碍了。可是停一会，杂沓的脚步又从新响着，大概是禁不住他底催迫到底只好担任了去撕标语布告底那个为难的工作吧。

接着却是沉默。再往后，是汪德邻一个人在那屋子里用急促的步子踱来踱去。……

"说不定会闹出什么事来的。"

樊振民似乎因沉默而更注意着，他继续听。

一个人在喃喃着的声音，……

变得像两个人，……

又像三个人……

终于又什么声音都没有了。

樊振民等了一些时候，没有下文；这却更引起了他底疑惑和好奇，他终于把刚拿到手头的工作都推开，站起来，走出房间，兜着圈子绕到背后的事务室。一看，门是开着，里边已经没有人。先溜了吗？倒也乖巧呢！正这样想，却发现那带痰音的嗓子是移到了隔壁的教员休息室去。又踅到休息室门口，看到里面除了汪德邻之外只有本学期新聘的另一位算学教师。汪德邻头上绽起青筋，伸出了吁求正义似的手，打着手势，站在那另一个人底座位前面一刻不停地说，那一个却只顺口应，一句话也没有。樊振民跨进屋子，已经走得很近，他才吃惊地发现了第三者。

这自然是一个更好的对手了，汪德邻立刻把好久都没有反响的哑子放过，唯恐不及地迎上来，——

“振民，振民，你看到没有呀?”

（不知是出于亲昵，还是出于地位底眩耀，他从头就是全校同事里除了徐子修父女之外，对樊振民直呼名号的唯一的人。）

“我没看仔细，”懒散地答。

“这，这，这真是……”

还来不及想到“真是”些什么话，却猛然看见校役陈三从外边匆匆忙忙跑进来，口叫着“汪先生”，像有什么紧要的话要说底样子。

汪德邻随即又把樊振民撇下。

“你刚才在什么地方啊？找来找去的……”

“汪先生，”企图着打断他。

“叫你这几天少走开一点，随时有事的，你偏偏……”

“汪先生，”终于等不到他发完这场脾气，陈三在他说话底半中间夹进来，“外边打起来了！”

“怎么！——打?”

“学生们打起来了，他们不给撕。”

“这，这……”

樊振民从旁边可以很清楚地看到他听了这报告之后的惶惑底神精，绽出在太阳心边的青筋掀动着，手没有方向地摇摆；正当没设法的时候，却很快地又来了第二个告急的人，情况显得比第一个更狼狈，恰像是从战场上败阵回来底光景。

“汪先生你还是避避开吧，他们闹到这儿来了！”

汪先生却急得跺着脚，——

“你们为什么不拦住呢！为什么……”

嚷着，在空荡荡的教员休息室里转了几个圈子，像要找寻一个可以暂时躲避的去处。找不到。没有边门；侧边窗是那么高，就是爬出窗去也还是在大家都看得到的走廊上。这屋子，为什么当初不准备好这一类的退路呢！终不能叫他躲藏到台子底下去……

可是那班人却已经蜂拥而来，一片嘈杂的声响里再也辨不出是在嚷些什么话，只一下子看到玻璃窗外边尽是些黑压压的人头了。

“究竟是为着什么事呀?”

屋子里，就连那个会叫人疑心是哑吧的第三者都站起来惊慌地问。

这一回，汪德邻自然是没心思来答覆了，也许他竟没有听到这问话。

“陈三，来富，”他只顾自己着急地喊，声音显然在剧烈地抖动，“你们拿门把住，别，别让他们进来呀。”

陈三显着为难底样子。

幸喜那为头的学生先在玻璃窗外边望了望，等发现了汪德邻，正想推进门来，来富却先把门在里面上了闩。

许多人在门上胡乱推。

“不要开，无论如何不要开!”

来富把住在门口，陈三无可奈何地陪着。

那扇玻璃门一下子竟变得像洋鼓一样饕饕地响着了，随后，接连窗都跟着响起来。

“不要开呀！不要开呀!”

汪德邻底嘴，现在像是专为说这同一句话而生的。

可是外边的情势卻愈显得紧张，人也像愈聚愈多底样子。嘈杂中听到一块玻璃摔了下来，接着，有好多玻璃都纷纷掉着。显然是有意打下的，樊振民还看到有人从掉了玻璃的空洞里伸进手，准备拔门闩。这样支持下去不成的，他心里想，便向门边走近一步，看到外边使劲嚷着的，推着的，也不过是靠十个人光景，后边跟随而来的显然只是看热闹的中立分子。他也不再跟谁多说一句话，就顾自己过去把门闩拔掉，拿门闪开一半，站定在那当路口，——

“你们是不是准备打人来的?”

向为头的这样问。

那几个为头的学生一下子倒怔住了，答不上来。

“我问你们究竟是不是准备打人来的，”更把声音提高一点。

“我们要来说话，为什么把门关住啊?”终于有人答。

“现在不是开了?”

“好，那么我们进去!”

“慢慢，”樊振民却伸手把那个答了话，准备闯进来的第一个人拦住，“你是说话来的，说不定有人欢喜先打了人再说话，让他们先来好了。”

他抬起头，向挤在后面的人丛迅速地扫望了一遍，——

“你们预备打人的，先进来吧!”

经他这样大声喊，一下子连扰嚷的空气都仿佛平复了一点。大家互相望望，没有响动。稍稍等了些时刻，他又继续嚷：

“既不是来打人，那么有话要说的先过来吧!”

还是没有响动。

“怎么，那你们是干什么来的?”樊振民看到情势是缓和了，他向前踏上一步，登时沉下了脸色，厉声地说；“我知道，你们不过是看热闹来的，自己也不明白是怎么回事，是不是?……自己要说什么话尽管说，要干什么事尽管干，那倒是大大方方，像这样莫名其妙地盲从，那才是最没出息的样子。就因为你们这班莫名其妙的人，那才会无中生有地闹出许多事来。……现在热闹也看见了，上课时间也快到了，还不走吗？……”

没等他说完，就已经有许多人鬼鬼祟祟溜开去，甚至爬在走廊上面的，也有一些不声不响地跳到下边草地里，把自己站得远一点。樊振民停下来，拿眼光向各方面逼视着；在他逼视到的地方，终于连残存着的一些人也都显出扫兴似的脸色，零零落落地走散。

休息室门口只剩下十多个人还支持着，他回过脸，找到刚才表示要说话的那个人问：

“好吧，现在你有话就说吧。”

“……”那学生迟疑着，没有准备好。

“你底话是关于那一方面的？”

“我，我问学校底规则……”

“慢慢，”樊振民又把他打断了，“这问题现在可谈不到，现在学校里没有负责的人，跟我说没有用。”

不知谁忽然接上来：“我们本来不找你呀。”

“那找谁呢？”

“找事务主任。”

“那为什么不到事务处去找？这儿是——”樊振民指一指玻璃门上的牌子，“教员休息室，事务处在隔壁。”

“我们看到汪老头子在这儿。”

“可以等在事务处，叫茶房来请的。”

一时间再不听到有人回嘴。眼前仿佛变得连十个人都不到了，又都显着尴尬的样子，这边来富却壮了胆，让门开着，一步不移地站定在门口。樊振民向那几个人睔看了一遍，觉得几句和缓的话就可以让他们下台；他脸色又变得平静，继续说：

“其实这些话也不必谈了，等学校有了解决，自然什么都有解决。”

看他和缓下来，后边有人也趁势和缓地接下去：

“这且不管，樊先生你评评理……”

“还评什么理呢！”为头的那个学生却不让他这样说，“反正现在没人管，有理也说不清，他撕他的，我们贴我们的，看看谁强！”他回头向身边的人招呼了一下，“我们走吧。”

樊振民微微笑着。他们终于发现自己力量底单薄，只好虎头蛇尾地散场了吧。他直看到眼前已经没有人，才回进来。来富脸上闪着胜利底光耀，恭恭敬敬替他开挺门，等他走过，又关上；样子像还想闩上门梢，却只不知怎么一想，只拿门梢使劲一拨，没有闩。同时汪德邻也从休息室底最深处迎上来，似乎喘息还没有定，额上还绽着晶莹的汗珠。——

“振民，振民！”

只喊着，却没有话。

“我说，那个领头的叫什么名字啊？时常见到的。”

“你说那一个？”

汪德邻茫然地答不上来，他根本乱糟糟地就没有看清楚；站在侧边的校役陈三倒插嘴说：

“他姓黎，叫黎汉。”

“是那个戴着压发帽的吗？”

“是的。”

“黎汉，”把名字记了一记，也没有追问。稍稍停一会，他又走到汪德邻跟前说，“汪先生，你这样也犯不着，随他们贴上些东西算了，看他们有几分力量。”

“不过，不过……”

“硬来不会有什么便宜的。”

“他们恐怕还要贴。”

（黎汉最后的声明汪德邻却似乎听到。）

“管它去呢！”

随意说着，顺便对壁上的八卦钟望一望。他像随时都有一种什么事没有做了，而且永远也做不了似的感觉；虽然没有课，却仿佛再不能空空地逗留了。稍稍站立一阵之后他就慢慢走出休息室来。

不料刚走上几步，就听到后面有人向他说：

“樊先生，今天你辛苦了！”

回过头，发现国文教师吕次青正带着笑容赶上了他。简直不知从什么地方钻出来的，樊振民这么许多时候就始终没有看到他。——

“怎么，吕先生你躲在那儿啊？”

“我也在这儿看热闹呢。——你真有办法!”

“怎么就不看见你?”

“我么?”吕次青挨近一步;轻轻说,“我早知道汪老头子没轻没重地要闹出乱子来,所以自个儿到校园里去溜了一个圈子。——闲话少说,你现在没事吧?”

“只有一点点小事情。”

“别这样巴结了,学校都说不定会关门!我早就想找你谈谈,找了你半天都找不到。”

“什么话?”樊振民开始注意起来。

吕次青迟疑一下,“还是到我宿舍里坐坐吧,你那边根本不成。”

说着,就不由人做主地把樊振民拦转了弯,连樊振民要先去把办公室底房门锁一锁好都不给,却自作主张地叫陈三去替他锁。他们便走上了那建筑后边的一条岔路。路边没有人,吕次青像怕来不及似地四边一望,显出非常机密的样子,把嘴附到他耳根边来说:

“你以为事情真没有办法吗?现在有了办法。”

可是当樊振民问起他是什么办法的时候,他却又,——

“我慢慢就告诉你。”

八

樊振民莫名所以地跟随着吕次青穿过一条长长的走廊，来到后面的一行教员宿舍，走进了他那间狭窄得连书籍都只好堆在凳子上的房，等把书籍整开，刚坐定，吕次青就这样说：

“我们真傻极了，连这一层都想不到！”

“……?”

“人家可以推翻这个拥护那个，我们就不能吗?”

起先还以为是什么了不起的发现呢，原来只这一点事，樊振民觉得这发现实在太平常；而且事实上这一层他自己也早就想到过，只没有说出来，原因是他想不定那个人。不过既来了，他也就显出一副重而又注意底样子，暂时不加可否只等对方说下去。

“现在推翻旧的用不到我们费劲，趁新的人选还没有定，多方面活动一下，搅上一个自己人去，那不是好!”

“如果吕先生你愿意干，我们当然拥护。”

“唉，”那一个却不舒服地摇一摇头，“我那有这个资望！我根本不是这个意思啊。”

“怎么?”

“我并不是想自己活动，我是想推戴一个人。”

“谁?”

“徐先生——只有他才各方面都适合。”

这话却开始使樊振民吃惊了。徐先生，学校里，除了徐子修之外那里还找得出来第二个徐先生呢！吕次青会看中他，这倒的确是想不到的；他沉思了一会，——

“怎么会想到他呢?”疑惑似地问。

“无论在那一方面，只有他底名字才叫得响。你不记得三年前王校长还没来的时候，就有人提出过?”

“不过他是万事不管的。”

“就要他万事不管哪。”

樊振民笑了笑，这意思他完全明白。“究竟是谁底主意呢?”他还是不加可否地问下去。

“大家商量出来的，也不定是谁底主意。”

“那几个人?”

“张敬斋他就首先赞成。我又跟于茂先，邓安方，许言如，他们都提过，至于陈吉民那班人，也只要敬斋一说就可以。”

“那不等于除了王系之外差不多全体了！”

“可不是！就连王系之，他们看风头不对，也一定会倒过来。”说着，稍稍停了一会，却没等到樊振民底答话，就又接下去，“总而言之，教职员方面已经不成问题。”

“恐怕只能说教员方面。”

“真是，现在还有什么职员哪！几个庶务，几个书记，能有什么道理！”

“……”樊振民不响，默默地在把这事情估量着。

“现在剩下的，就只是征求你底意见了。”

“原则上我自然赞成，不过……”

“你不妨痛快地说，我们之间怕什么！”

“不是不肯痛快说，这关系很复杂，我要考虑。”

吕次青只好等了些时候，看对方还没答话，便又耐不住似地说，“现在只要你赞成，我们就可以进行了。”

“我觉得事情是这样的，”樊振民把话整理出了一个头绪，才开始，“第一层，我们总需要有六七成把握，才好尝试，终不能把徐老先生硬拖去碰一个钉子，结果鞋子穿不着，倒留了一个样。还有一层，他老先生自己会不会同意，倒也是个问题。”

“恐怕成问题的倒是在你底第二层，至于那第一层，我保管有九成把握；”说着，却伸出了弯住食指的手掌，表示了一个“八”字。

“怎么呢？”

“校董会总共只有十七个大人，我就有三分之一可以打得通。”

“三分之一怎么够?”

“这是说我个人，还有敬斋，还有大家，怕够不到半数以上！究竟是私立学校，终不成官厅会下命令的。”

“张敬斋他们究竟能有几分诚意呢?”

“唉，”吕次青又一次摇着头，“照你这样不相信人，那还干得了什么事！我已经跟他说得切切实实，难道还要先大家订下合同不成?”

正因为吕次青说得太切实，樊振民偏偏更疑惑了起来，正想接嘴，却听到又来了一个“总而言之”。

“总而言之，”他说，“这一方面你尽管放心，完全由我跟敬斋来负责好了。倒是徐先生个人方面，却只有你去才说得清，只有你底话他才会相信。他有时候太好说话，有时候可就拗执得根本叫人没办法；跟他办交涉就怕闹成僵局。不过我想，凭着你跟他这分关系，我想……”

“也不敢担保，”樊振民笑着，摇摇头，慢吞吞说。

“他上一回也并不反对。”

“这一回情形也许不同，尤其是因为上次已经放过一次空炮。”

“我想到底没有人家搅成了他还不来底道理。”

“也说不定。”

“你好歹想点办法吧，难道就不干了!”

“好，我去商量一下再说吧。”

“那怎么成!”吕次青却发起急来，“你知道月底就是校董会开会的期，今天已经二十七了；我是打算跟你谈过了就去跑一下。”

“要这样快?”

“自然，你知道人家是怎么样活动的!”

“其实这种事情断不是一次会议就能解决。”

“我想，我想总还是快一点的好。”

“那么这样吧，”樊振民差不多给逼得连自己考虑一下都没可能，只好匆忙间想出办法来，“吕先生你尽管去进行，不过暂时不要代表那一方面做正式的表示，只拿个人关系探探口风，一等到有了相当把握的时候，我再找机会跟徐先生谈，也比较容易些。如果外边形势不利，那就圈起拉倒，也就不用提。”

“不成不成，做好了媒新娘子不上轿怎么办!”

这话倒把樊振民说得笑起来。“做媒也没有一说就成底道理，总得两面骗。”

“不过你也何妨去探探口风?”

“……”

“我看你今天就去一次吧。”

“那也好。”

“一定要去呢。”

“放心吧，去就是了。”

吕次青似乎还不能十二分满意似地呆望着，可是他到底不好意思再敲钉转脚，只停了一阵，突然间站起来，“那么现在也不用多谈了，还是趁早跑一跑，”这样说。

“此刻就出发吗?”樊振民也站起身，看他那副性急底样子禁不住有点奇怪。

“早点出去可以多跑几个地方。”

说着，他到床架上翻出了一件皱缩的哔叽夹衫，看了看，又使劲在大襟小襟上拉了几下，算是挺直了一些，就拿它换上身，又随手拿过一顶旧呢帽，——

“那么我明天等你底讯。”

“好吧，我们明天再详细谈。”

两个人就乱匆匆地从那房间里出来，把门上了锁，走出了屋子，再没有说一句话，也没有道别底招呼，吕次青就打先从一扇边门抄近路离开了学校，只把樊振民一个人剩下在宿舍前面的走路上。

这样糊糊涂涂就算说定了一件事情吗?樊振民仿佛到此刻还没有明白自己对这事情究竟抱着怎样的态度。他一个人慢慢地走，慢慢地沉思着。对这一切，他似乎总有一种不十分真切底感觉；对那一方面疑惑，却说不定。无论如何，吕次青这个人是相当莽撞，冒失的。这种典型的人就惯于在口头上什么事都非说得你答应不可；等你勉强答应了，他就会以为你是出于十二分的真心。说不定他跟张敬斋他们的接洽也都是这一类呢?说不定他根本受了旁人底欺哄呢?……

一路想着，他已经来到了自己底办公处。已经是上课的时候了，四边静悄悄没有人：他开进房门，自个儿坐下，把几分学生成绩记录单移到手头。

“究竟怎么回事啊?”

他觉得连登记分数这一点机械的工作都专不了心，废然地拿笔放下。

想不到自己竟给吕次青这一番没头没脑的话弄得乱了方寸，他一下子觉得什么都不妥当起来。正这样疑疑惑惑，他却又猛然记得刚才对徐守梅也答应过，停一会再去探望她父亲的。可需不需要真把这事情跟他提一提呢?用什么方法呢?那家伙底话根本靠不住又怎么办呢?

他站起来，走到窗边望着，踌躇了好半晌。

在事情还这样朦朦懂懂，摸不到一点边际的时候，他能把这当做真有其事地去跟徐先生开玩笑吗?

“这样不对的，不对的。”

他自言自语着，他慢慢有了决心。

宁可对吕次青失一次约，明天再想话来搪塞吧，宁可本来要去徐家都不去吧，回头谈起了学校底事倒不容易对答。且等上一天两天，等吕次青他们进行得有点头绪，等自己也从旁的方面探听到一些真实的情形，……

九

吕次青在第二天一清早就乱匆匆地找到樊振民住的地方来。那地方他曾经来到过一两次，是租的一家普遍住户底统厢房，离徐子修家里近得要不了百多步路，就会走到的。那时候樊振民起身还不久，刚吃了由房东家包下的早餐，正预备看几页书，等上半个把钟点再上学校去。客人冒失地推进房，把坐在窗口的樊振民惊了一下。

窗前垂着帘子，帘子上的朝暾还没有从暗红变成橙黄的颜色呢。

“这么早就出来?”

“昨天在外边过夜的，天没亮臭虫就把我钉醒了。”

樊振民刚来得及在书页里夹上一张纸片，把书合拢，站起起身，吕次青就已经在他那张被窝还没有整好的床上坐着，脸是一片兴奋底闪光，把一个枣红色的酒糟鼻衬托得更生动了。樊振民只好把凳子移近一步，自己又从新坐下。——

“结果怎么样?”

“完全胜利,”说着,还把手掌平伸出去,画了一个半圆形,算表示完全;“昨天一连去找了三个人,他们都满口答应了,后天就一定可以提出。他们还愿意间接再去接洽一些人。本来,拿这种的资望挺出去,还有谁能反对吗?——你今天上午有没有课?”

“课是没有。”

“我也记得你星期四上午是没有课的。”

“怎么?”

“回头敬斋要来,我约他到这儿大家接一个头。”

“我这儿他从没有来过。”

“不要紧,地址我已经对他说得详详细细。”

“这也好,学校里人多,消息先传出去究竟不妥当,”樊振民顺口说,一边想,照这情形,多少是比昨天接近了一步吧,回头再跟张敬斋一谈,就总会见些眉目了。“那么敬斋他什么时候来呢?”接着问。

“我约他是八点半。”

“怕没有那么早。”

“他会来的;他今天十点钟有课。”

“好,我们在这儿等他吧。”

“还有一点事,”吕次青陡然把身子挪近一步,把声音放低一点,“敬斋是叫我慢慢提的,我想我们这样,自己先随便谈谈也不要紧，反正没有外人……”

“有话当然应该先说。”

“我也说大家开诚布公谈了，事情倒好办。”

“是关于那一方面的问题呀？”

“敬斋是这样意思，如果事情会成功，那么对将来学校底组织方面，也应该事先有一个准备，譬如职务底分配是不是照旧，还有人选底问题。譬如以前这样，有了事务处把一个教务处空荡上两三年，也不对。”

停顿着，樊振民却显出一副还没把这话听懂底样子。事实上他早就懂了；没抢到手就预备分赃，将来的事情倒需要费几分心思来对付才是呢，他心里这样默默地想。

“不过我得预先声明，”吕次青又说下去，“我个人是没有什么野心的。”

“现在谈到组织问题恐怕还早。”

“怎么，事情看样子多半会成功了，应该有个准备。”

“张敬斋究竟是什么意思？”

“也不定是他非这样不可，不过我这样想，我们不如把一个教务主任先答应了他，也好叫他多卖些气力。”

“这一层……”

“而且他资格也差不多了。”

“我说这些事情是不是由得了我们？”

“你真是！难道还要叫旁人来决定——”吕次青忽

然间伸手扯了扯樊振民底袖子，显着得意底神色，轻轻说，“说一句私话，将来叫徐先生顶一个名，全学校底事情除了我们三个人之外谁还能插一句嘴？你想，要不然，我费了这么许多气力干吗！”

说着，顾自己哈哈地笑起来。

“好吧，”樊振民却沉吟了一会才答，“我把这事情也顺便先给徐先生提一提。”

“不错，我倒忘记问了，你接洽底结果呢？”

“还没有机会谈。”

“怎么，昨天没去找他吗？”

“没有。”

“那怎么好呢！”吕次青发起急来，“现在开场锣鼓已经敲紧来了，倒说主角儿还没有请好！”

“这事情多少有点……”

“你不能这样存心观望的，要切切实实干哪。”

“倒不是存心观望，不负责任，事实上他老先生底脾气大家都知道：机会凑得好，什么事情都一说就成，也不会翻悔：不凑巧呢，把事情先搅僵了，那就再说上千万遍也扳不过来。”

“其实这样现现成成的校长，谁还不干吗？”

“他倒的确不是这样想的。”

“那依你怎么办？”

“才说起了半天工夫呢，总来得及。”

“别说只半天工夫，今天跟昨天形势就不同了。”

“今天自然要去的，”樊振民就这样从容地说。“反正这事情我负责好了，至于要限期办到，那我可敬谢不敏。”

“只要你能说到‘负责’两个字就好，”经对方这样表示，吕次青也只好稍稍缓和下来；“不过我怕，我怕有些事情就不能先商量出一个头绪，就如我刚才……”

“路得一步一步走，那能商量得到底呢。”

吕次青没有再说，只对樊振民怀疑似地看了看。热烈的谈话忽然间变得沉滞起来。吕次青把眼睛霎着；好久，他又突然低声低气地问，“你是不是怕教务处给敬斋揽了去，他们理科方面势力太大，所以不很赞成?”

为什么满肚子尽是这些地盘和势力底思想啊？樊振民对这意外的问题却大声笑起来，——

“那有这样的意思，我不过是不敢越俎代谋。”

“个人意见总好表示的。”

“我个人能有不赞成底道理!”

“那再好没有，我本来就只要你表示个人态度；现在我们一致了，回头也好跟敬斋谈一谈。”说着，他拿出表来看了看。“怎么，他还不来呢!”

“什么时候?”

“八点半过了。”

“既然约好了总会来，”樊振民懒散地答。

像再没有多余的话可以说，吕次青现在是只剩下等待张敬斋来到底焦急了。他从坐了好久的床沿上站起来，在房间里踱了一阵；经这样身体一活动，他却发觉自己肚子里咕咕叫着。一清早就离开客栈，没有吃过早点心，刚来到这里的时候已经有几分饿，当初是决心抵制一下的，随后谈着话，倒真个抵制了过去。现在可真不成了。他稍稍捱上一阵，终于捱不过地问：

“这儿有点心叫吗！”

“不错，吕先生恐怕没吃早饭？”

“是没有吃啊。”

“那为什么不早说呢，我们还用客气吗！”樊振民站起来，一边叫着房东家底娘姨，一边又说，“大概总有的，不过我可没有叫过。”

娘姨好久才来到。吕次青想了想，他打算要汤包，却回答说这近没有的。问饺子，没有。馒头，也没有。可是面总有的，究竟有些什么面呢？却只有鱼面和肉面。他皱了皱眉头，只好叫了一碗大肉面，还特别关照“要双浇的”。等娘姨答应了，走转背，他对这房间四周相了一相，——

“你这儿吃点东西这样不方便，怎么住呢！”

他像突然间挂念起城里一家点心店底汤包和饺子来。他开始详细地说着那铺子底地点，那出品是怎样地精良，倒把等人底焦急稍稍忘记了。他最后还邀樊振民几时有空不妨起个大清早，跟他去试试新。樊振民顺口应，却猛然看见窗外有一个人影子在逗留；他过去掀开窗帘，就看见在外边东张西望地对着门牌号码的，正就是张敬斋。

“张先生，往这边走啊，”他隔着窗喊。

“怎么，他来了。”

樊振民出去开了门，等张敬斋付讫了车钱，右臂夹着一大叠东西，左手拿着一分报，一起进来，吕次青已经在房门口候着了，——

“怎么到这时候才来？”

“还并不迟呢。”

张敬斋走进房间，把手头的东西在书架上一搁，刚坐定，寒暄了几句，他却抬起头，向屋顶四边端详，仿佛在审察这屋子是不是够高大，能不能容纳得了他那么高大的个儿似的。好一会，才把脸平放下来，对同屋子的两个人分别看了看，正想开口，却不料还是掉在吕次青后边。

“我说，”吕次青这样抢着先，“事情是大家都接头了，也不用详细说，现在该把以后的进行谈一谈。”

张敬斋一时变得没有话。

樊振民也没有话。

像一个没有人愿意发言的会场上的主席般为难地等着，等了一会，却只看见张敬斋挺一挺身体，伸手到西装里身的夹袋里摸了好久，摸出了一盒烟，推开盖子敬着客；没有人抽烟的，他自己拿了一枝，樊振民正回头找火柴，他可不知又从那里摸出一个打火机，点上了，深深地吸了一口烟。

“至于徐先生那边的接洽，樊先生他已经答应负责，”吕汝青又说：

“那再好也没有。”

“大概今天总可以决得定。”

樊振民听了这话对吕汝青看了一眼。（谁担保过今天能决定呢！）可是张敬斋并没有注意到，他还是不声；隔上好久才浓浓地喷了一口烟气说：

“其实也没有什么事好商量的，干就是了。”

“张先生那一方面的形势……？”

“我看多少有点把握吧。”

只说了一句，又没下文了。吕汝青似乎再也想不出逗引的话来，他底为难几乎变成了焦虑，他这样煞费苦心地居然把他们团捏在一起，原是希望他们一见面就能说得头头绪绪，倒不料竟会这样地兜不起话头。在这样凝滞的空气里支撑下去总不是道理：吕汝青终于又想出话来：

“刚才我们说的关于以后学校组织的话，樊先生也正跟我们一样的意思，他什么都完全同意了。”

樊振民更吃惊着吕汝青底大胆。

张敬斋听了这话倒觉得有几分不好意思起来。这话只好暂时藏在肚子里，那里能这样当面提破的！他把身体稍稍一动，似是而非地笑了一下。吕次青却还说下去：

“只要我们大家同意了，料来徐先生也不会，不会怎么样。”

“这些枝节问题，现在其实……”

张敬斋模模糊糊地把话头支吾过去，不让他再说；自己抽着烟，这才把脸正式转向了樊振民，——

“学校底事情我本来也根本不想管，”他慢吞吞地开始说，“自己忙也忙不过来。不过想想这学校有这样根底也不容易了，几年来却你抢我夺地搅成一团糟，实在也可惜。教育总得让办教育的人来办，总不能当政治地盘用的，是不是？所以当时次青提出徐先生，我就满口答应帮忙。”

“其实徐先生也不大搅得了这些事，”樊振民随口地说，“张先生你自己倒……”

“那怎么成！我现在就忙得走头无路了。下学期这儿的钟点能排不排得出都成问题。你想，最近华德大学少人，死拉活拖地要我去帮几个钟点忙，我都没有敢答应。”

“没有时间倒也难。”

“照现在这样真是再好也没有。”

“好，我们干起来再瞧吧。”

樊振民说着，茫然地把眼光游移开去，心里暗暗忖量他底对付。

正在这时候，外边的小馆子送来了满满的一碗大肉面，樊振民就叫搁到书桌上；吕次青走过去，拖过一张小圆凳，已经拿起了筷子，却又问：“张先生吃了早饭吗？”

“吃过了，吃过了，你用吧。”

张敬斋感到那书桌太局促，便从那张写字椅上吃力地站起来，坐到了侧边的凳子上，让吕次青舒舒服服地吃。他又对樊振民看一眼；谈话仿佛失去了中间的牵线人，而且经这样一打断，一下子又像无法再开始底样子。他丢掉烟，拿起了报纸，——

“现在也没什么话了，我想先走一步。”

“慢慢，我们一齐走吧。”

“我有课的。”

“现在还早呢，等我一吃完就走。”

无可奈何地仍然留着，张敬斋空洞洞坐了一回，开始拿手里的报纸随意翻看。

“华北底问题可又紧张了。”

顺口说着，又翻过一页。

忽然他对某一条新闻显得注意起来，嘴里“奇怪，奇怪！”地嚷，把报纸按平，拿近一点仔细看。这一下子引得樊振民也诧异着，刚站起来打算问起，张敬斋已经把报纸送到他手头，一边说：

“这种消息究竟是什么人揽去的呢！”

樊振民看着，看到教育新闻栏里有一条“德生中学风潮”底标题；同时吕次青也手里拿着筷子，把头伸过来。

“怎么！”

看不了多久就吃惊地喊，樊振民竟在这记载里发现了自己底名字，几行显著的字句很快地就跳到了他底眼睛里：“……事务主任汪德邻，初中部主任樊振民，指挥校役，殴打学生，……”这是什么话呢！报纸上竟可能有这样荒唐的记载吗？

“不用说了，谁叫你多管闲事，所以把你诬赖上去的！”

吕次青说着嘿嘿地笑。

没有回答。樊振民看完那段消息，把报纸放开，一声不响地踱了几步；默然好久，才伸手抹一抹鼻子，摇一摇头，嘴里喃喃地自言自语着：“竟会有这种办法吗！……真是笑话，……笑话……”

十

差不多正在这时候，徐子修也把当天底报纸翻了开来。今天，他照常八点还没敲就来到学校里；来到不久，却已经听到教员休息室有许多人都比昨天更慌张地纷纷谈论着，等报纸送来，经人翻看了一下，这报纸就又成了许多人注意底集中点。因为是坐在那房间深处的自己底书台边，他没有听清楚他们在谈论些什么话，而且也始终没有过来跟他搭一句嘴。他像并不想知道似地顾自己准备着教材，顾自己抽着烟；可是在耳根边刮到的几个人名字倒底使他开始疑惑了。此刻，他已经上完了头堂课，回到了休息室，看到那一分报搁在桌上没人看，他就把它整分地拿到自己座位上，自个儿翻。

翻到教育新闻栏，那个一条消息所引起的他底惊异，简直比对樊振民自己还强的，——

“他竟还在那儿干这些事情吗！”

把这段消息看了一遍又看一遍，拿报纸的手开始在抖动着，呼吸都一下子急迫起来。这些事情是只有下等的流氓才干的，真想不到他竟会变成这个样子。他像还不肯相信，再看了第三遍。难道还有看错底道理！明明白白是这个话呢。一种无从抑制的气愤把他全身占据，使他竟忘记了把报纸送回到原地方，只拿它在桌上胡乱推开。本来也早就觉得他近来不对劲，可再也疑心不到会变成这步田地呀。

坐了一阵，突然间站起来，低下头，走到外边走廊上，大声地叫，找到了陈三。

“你去看看，那边樊先生来了没有。”

就在走廊上等着。

徐子修觉得再这样听凭他胡乱搅下去是断断乎办不到的；他也顾不得是当着这么许多同事底面，恨不能马上就向他严厉地责问了。

等到的回话却是说还没有来。

“没有来？……”

两只手没处放似地互相捏着，停一阵，终于没办法，只好从新回去。

第二堂底上课钟是等不到他发完脾气就开始打着了。他拿起书本，扳起一副叫人害怕的脸色，一边走，一边嘴唇翕动，像在骂人，这样地到了课堂里。这一点钟底课他尽是把读本飞快地念，连必需讲解的文句都只简单地讲着，而且声音轻得大概只有头三排可以听得到。一点钟他足足念了十多页，一听到打钟，就在一段书底中间停下来，拿铅笔重重地打了一个记号，把书一合，顾自己走，连几个学生赶上他想问一些昨天底课程，他都像没有看见似地不去理睬。

“这几天徐先生干吗?”

“在生谁底气呀?”

生徒们窃窃私议着，他可听不到，只顾自己又走到休息室外边的走廊上，又找到陈三，又叫他去看樊振民来了没有。

还是没有来。

“得了，连职务都不用管了!”

等第三堂又去念了一点钟书之后，再回来，却没有找陈三，先回到书桌边整好东西，就自己去到后边樊振民底办公处。从窗口望进去没有人，把门纽推动，还锁着。他愤愤地扭了一下，才放手。究竟在忙些什么事呢，到这时候还不来办公！他再没有第四堂底课，就一边生气，一边走出了校门。今天，他再没有劲儿步行着回家去，就在门口胡乱雇了一辆洋车。在车上他才想起应该留下一个条子，把他叫到家里来的；至少，也得先把陈三关照好，叫他转话。可是刚才气愤中他竟没有想得到。

一回到家，女儿开了门，他看到院子里的花坪边放着小凳子，剪刀，正拔草呢。这该是多么使他高兴的；昨天说了几句话，今天就顺从着他底意志在收拾院子了。

可是几株野草究竟还是小事，他没提起，他是一进门头一句话就这样问：

“你碰到振民没有?”

其实自己找来找去都找不到，她那里会碰到呢？回答自然是：“没有。”

“你下半天快去把他找来，叫他到这儿来。”

“今天要三点才有课呢。”

“你吃完饭先去一下，我有话对他说。”

徐守梅对父亲诧异地望了一眼；往常难得有这样急迫的事情的，今天怎么？可是她到底答应了一声“好”，闩上门，坐到小凳上，又开始缓缓地拔着草；她一边禁不住还时时回过脸来对父亲看。

（昨天后来不是已经很高兴了，怎么今天没头没脑地又生气?）

父亲像在嘴里叽咕地骂着人，在院子里停也不停地就走进屋子去；他不愿意说，女儿自然是没有法子问起的，可是事情跟樊振民多少有点关系，这她可以明白；而且不是从今天起，她也早就意味到他们两个人莫名其妙着。为什么呢？她可想来想去地都没法子理解。几天来她心里老是惴惴着，会不会是什么不如意的事情底预兆呢？为什么这样幸福的前途倒会生出莫名其妙的枝节来呢？她像失掉了收拾院子底心绪，潦潦草草把手头的工作结束，把拔下的野草抛弃在门外，悄悄地到厨房里洗了手，就轻手轻脚踅回到堂前。她向书房里的父亲顺眼张望了一下，看见他正伏在案头写着什么东西；可是在她看到的时候正已经写完，照手势很显然地画了一个“修”字，就把笔放下，拿眼光移到门口来把她逼走了。……

直到正午时刻都没有动静，看样子像比刚才稍稍平静了一点，徐守梅才敢到他房门口去关照了午餐。他顺便把写好的条子拿在手里，出来交给女儿，说：

“你吃完饭就把条子送给振民去。”

只应着，没有敢当面翻开来看一看那条子底内容，就揣在怀里。等吃完饭，她知道如果再多逗留一些时候的话，即使不催，也至少会把眉头紧皱起来的，于是就匆匆忙忙揩了脸，拿了课本，一分钟也不耽误地离开家门。

在半路上把怀里的条子摸出来一看，只平常的几句叫振民马上就来底话，也发现不了什么意外的情形。她满腹狐疑地走着，想东想西地连往那里安放她底猜度都没有把握。可是无论如何总不会是什么愉快的事情吧，这大致可以确定。她颇想找到樊振民先偷空跟他谈一谈。什么地方去谈呢？爸等久了会不会又焦急起来呢？

正想不定，忽然间听到——

“怎么你这样过来会不看见我的？”

抬起头，想不到正是樊振民，而且已经走得那么近了。

“怎么，你那儿去?”

“到你们那边去呢。——你怎么出来得这样早?”

“爸正叫我来找你，急得了不得地要跟你说话。你看这个条子。”

就在路口把条子飞快一看，樊振民也禁不住诧异着。自己正打算去跟他谈那个事情，他倒先来找，难道他已经得到了什么风闻不成?他感到为难，感到那准备好的一派说法又不能呆板地应用了。

“他等得很急，我们就走吧。”徐守梅转过身，合樊振民一起走着回头路。

“你爸找我有什么事?”

“我正想问你呢?他这几天一回来总是满脸不高兴的样子，今天更奇怪了，像气得了不得。”稍稍停下，她低声问，“你近来是不是有什么事得罪了他?”

“你说我得罪他?”

“事情总有点来历，对旁人也不会气成这个样子。”

“我怎么会去得罪他呢!”

“你心里总明白。”

“我不明白”

“那可不是更奇了，”徐守梅更疑惑起来。

说不定真为这事情吧，樊振民心里想，他也打算把有人替徐子修活动校长底事情先跟徐守梅提一提，可是抬头看，那缩进在道路侧边的篱笆门已经近在眼前。这样匆忙间要讲也讲不清，他只好说，“我们去了再看。”

徐子修答应了门铃声出来开门，却看见是守梅，——“怎么又回来?”就兜头这样责问。

“他已经来了，路上碰到的。”

这才看见了后边的樊振民。——“唔，”应着，稍稍点头招呼。

“他正到我们这儿来呢。”

“唔。”

让他们进来，把女儿剩在后背关门，徐子修就打先走进屋子，一边说，“我上半天找了你半天，那儿去了啊?”

“在家里跟人谈一点事情。”

“你近来事情可真多!”

听口气就蹊跷，樊振民没有接话，只一起来到堂前。没有坐，徐子修四周一望，又对跟着进来的女儿一看，迟疑了一下，说，“你到里边来，我有话问你。”

徐守梅疑神疑鬼地在外边留着，不好跟进去。

这时候，时间算是已经稍稍减低了他底气愤。本来是甚至在许多同事面前都顾不得，也可能登时发作的，现在连自已底女儿都不叫当面了。可是还不免是那一副沈滞的脸色，到书房里刚坐定，就劈头问:

“你看了今天报纸没有?”

樊振民这一下明白了是怎么回事，他就显得那么坦然地答：

“看过的，那段消息也看到的。”

“好，那你自己说吧！”虽这样说，却并不能真容樊振民先开口，一下就自己抢上去，“你怎么能做出这样的事情来呢？你近来究竟在搅些什么花样，要这样瞎闹？”

“不过……”樊振民想插嘴。

“你真是完全变了样子了。这种办法就叫做纠众行凶，那儿是我们干的！你究竟何苦来呢？”

“不过……”

“我本来也早就觉得你有点奇奇怪怪，一向所以隐忍不言，那是希望你能够慢慢自己觉得，想不到你会这样变本加厉地干。我实在看得再也忍不住了。你究竟，究竟……”

樊振民爽性等他把这几句类似的话翻来覆去地说一个痛快，让他一口气说得无可再说，才平静地接上去：

“不过这新闻不确的，完全是谣言。”

“谣言吗？堂堂皇皇的报纸总不会完全瞎造的。”

“这消息可的确从头到底尾都是瞎造。”

“总不会完全无因。”

“岂但完全无因，简直是有意地颠倒黑白。徐先生您只要想，我有什么必要去干这些事情！”

“本来是没有必要，所以我也想不通你到底……”徐子修口气变得稍稍和缓，他也开始怀疑起那条消息底确实性来。“不过无论如何，就算是人家造你底谣，总是你自己多管事，才会过意诬赖你。不然的话，为什么不诬赖我呢？为什么不诬赖旁人呢？”

“这自然有一点原故……”

樊振民正打算把昨天真实的经过用适当的语气说一遍，却不想徐子修捉住了“原故”这两个字就——

“原来不是完全无因的！总而言之，只要自己根本没事，就人家要捏造都捏造不起来，而且也没有必要来跟你捣乱。就算是人家诬赖你也是你咎由自取。”

又耐性等他说完，樊振民才有机会把昨天替汪德邻解围，因而招怨底那一段经过婉转说着。这一回徐子修虽是静下来听了，可是他却一边转过背，像不愿意留心似地顾自己卷起一枝烟，刮起火柴把烟使劲地抽。好久才回过头来；等对方把事情讲完，他伸手搔了搔下颏，说：

“照你这样讲，事实跟报纸上刚巧相反。”

“这不能随便说，许多人看到的。”

“那么这消息从何而来？”

“他们底情形您真完全没有明白；他们是有组织地在干这个事，自然跟新闻界也有联络。要不然，难道会有访员常驻在我们学校里！”

徐子修没有答话。经这样一说，连他自己都觉得发这样大的脾气显得毫无根据起来，这原是稍稍考虑事理就能够想得通的。只是，他只还照旧不肯认输地板着脸，从座位上站起身，低下头，一边抽烟，一边来来去去踱了三五次。

“你年纪轻，多少有点血气，固然也难怪，不过……”下不了台，他像总还得想几句责难的话来装装自己底门面。

“我当时实在忍不过去。”

“不过，不过总也是自己处置得不好，招来了是非。”

（樊振民暗暗想，如果叫徐先生去处了这境地，照他这副性子，也许会闹得更糟的。）

徐先生也算有自知之明地没多说，就转了口气：

“这种谣言对你也很不利。”

“那还用说。”

“恐怕人家会相信。”

“连您都相信呢。”

他还是踱着，不声。对樊振民的气愤不知不觉地几乎要变成怜惜了。他又搔了一阵下颏，忽然间抬起头，大声叫着“阿梅”。原是怕她远远地也许听不到，不料守梅就坐在外间的客堂里，应着。

“替我倒杯茶来啊，口干。”

随后转身对樊振民：

“照你这样说。那班人简直成了一群恶狗了，如果学校真落在他们手里，那还堪设想吗？”

“现在的事情就到处都是这个样子。”

徐子修摇着头；他想起事情要是真这样发展下去，自己是无论如何看不惯，合不了的。大概勤劳清苦地服务了二十多年底关系，到不久之后就该告一结束了吧。可是他们，振民跟守梅，他们怎么办呢？能够让他们混在泥堆里同污合流去吗？

“振民，振民……”

正要说下去，徐守梅端进了一盏茶来搁在桌上，预备转身回出去，可是这一回父亲倒把她叫住，——

“你也在这儿听听，别走啊。”

怎么？刚才不让她听，现在倒不让她走！她抬头望了望父亲底脸色；大概是没事了，放了心，有点窘迫地在桌边站着。

徐子修先喝了一大口茶，把舌根啜吸着。

“我是这个年纪了，”缓缓地说，“往后也不想做什么事情了。别说这个小小的学校，就是世界，它要变成怎么个样子就随它变去吧。不过你们呢？以后处世越来越难，那是一定的。我可以不做事，你们呢？年纪还这样轻……”

“我们自然也是合则留，不合则去。”

“去那儿呢？除非跟人低头。”

“可是您也不必这样太过悲观的。事情还远得很，将来到底会变成怎么样还难说得很。”

“你说学校里的事情吗？”

“是的。——往后还会有许多变化呢。”

樊振民觉得这样的机会不抓住，他要来说的话恐怕再没有方法说了；他稍稍停顿，把谈头又整理一下，再开始：

“还有一件事，也想给徐先生谈一谈。”

“什么事？”

“您当然想不到的，下学期学校说不定会请您去主持。”

“怎么？”简直连这句话都听不懂了。

“他们想请您当校长。”

不但徐子修，就连徐守梅，都惊愕起来；是清清楚楚的一句话，总不会四只耳朵同时听错的！“怎么！”徐子修更大声地这样喊着，“有这样的事！究竟是谁说的！是什么意思？”

“您慢慢，听我讲呢。——大概是一部分的校董，跟一些教职员，他们到底不能不替学校想一想，不愿意轻易让人家夺了去。他们上一次就想推举您了，这一次也是这个意思。他们以为只有您，才能够比较大家信服一点。”

“怪不得我也听到人家说起，”徐守梅忍不住插嘴，“我还当跟我开玩笑。”

“你也听到的？”

“自然，他们到处都征求过意见了，”樊振民替代着答。

“他们为什么不对我说呢？”

“他们预备成功了之后再告诉您。”

“那你为什么不说？”

“我也一直到今天才知道，他们大概以为我不成问题，所以到有了相当把握才来接头。刚才吕次青到我那儿谈了半天，就谈的这个事。他还叫我暂时别跟您提；不过我想究竟还是先通知您一下好，所以到这儿来。”

“有这样的事！”徐子修又开始来来去去地踱，沉思着。“不成的，不成，我那儿干得了这样的事，那……”嘴里自语自言。

“我也说您恐怕不会答应。”

“爸，”徐守梅却想不到父亲会不同意，“人家自动来请你，你还不干吗？”

“你哪里懂得！”

说得徐守梅只好不开口，没意思地自己去找了一张凳子，默默坐着。

“也算亏你先来通知了，”徐子修隔一会对樊振民说；“既然是吕次青来跟你接的头，你就去对他讲，请他们打消了这意思吧。你想，叫我干这个事怎么答应得下来！”

“不过他们已经在进行。”

“那就请他们停止进行吧。”

樊振民没有马上答，故意沉吟了半晌才说，“不过也为难，他们原是怕您一口回绝才叫我不提的，我倒不好说已经提过了。”

“那他们怎么想的，事情成功了我不同意，倒不要紧吗？”

“我想他们总不过预备拿些‘当仁不让，勉为其难’这些话来跟您劝驾，他们总料您好歹也得顾全一点学校。我看这局面，他们除了拿您来抵制一下之外也没有旁的办法好对付。”

“照这样，照这样……”

徐子修一下子心思又纷乱了起来。他记得自己十多年以前也曾经兼过一时职务的，那时他还年轻，可是已经对付得头都胀了，揽不满两年就辞掉。现在倒说要他负起这样重大的责任来，而且又说是为学校非这样就没有办法！他皱紧了眉头，一下子连怎么说法都想不定。

“你是应该明白的，你想，叫我怎么，怎么……”

“我可不是也说怕您受不了应付底麻烦，他们都以为事务方面找人分担了倒不要紧，至少要您答应顶一个名，来帮忙渡过眼前这难关。”

“这样说，他们是打算拿我做傀儡。”

“原是要拿您做傀儡呀！——这种事自己没有好处，只有替公家揹梢，旁人也不会来做这傻子。”

“做傻子我倒不在乎，”似乎带点感动底语气了，徐子修低声说下去，“就怕答应了，自己对付不过来，倒是真的；单顶名呢，可又不放心，比不得现在根本用不到管。”

“自然是为难的事情啰！”

“那你看该怎么办呢？”

“据我看，您目前最好还是装做没知道，就像我没提过一样。第一，他们还没有正式通知您，就是要表示也无从表示的；第二呢，事情还不是一定成功，万一不成的话，也好不着痕迹。”

“话是不错，不过照你这样，不成功倒没有问题，要是真成功呢，可不是非干不可了？”

“那当然还在您自己，人家不能强迫。”

“等他们弄妥当了之后又成问题，事情可不是更糟。”

“不过这事情据我想，你暂时总得答应他们。就不预备干久，也得让人有一个充分的时间，可以慢慢物色人来替代。如果一下子没人顶，给人接了去，那就根本不可收拾。”

没有话，屋子里变得长时间地沉默起来。樊振民以为最好是这样适可而止，再不作进一步的劝告，只把眼睛对住在自己身边走来走去的徐子修望着，看他嘴里念念有词，却不知在说什么话。无论如何已经给他说动了一大半，他是可以相信的。……

好久，徐守梅却看了看外边的钟，轻轻对樊振民说：“你今天学校里还去吗？”

“自然要去的。”

“我此刻就要走了。”

“你能不能稍稍等一下？我也打算就走。”

“怎么，”徐子修听了他们底话回过脸来，“你还有事情就尽管去好了，今天也无可商量。”

“那么……？”

“现在就暂时照你这样办，不声张拉倒，让我再慢慢考虑一下。”

“那么——那么我们走了，”说着，樊振民站起来。

“你听到消息随时来通知我。”

“那自然。”

“好，”点着头说，“你们走吧。”

两个年轻人一起走出到客堂间；樊振民像刚干了一件太吃力的事似地舒一口气，却过去推一推徐守梅底肘子，——

“我也口干哪，怎么茶都不给带一杯进来？”

“自己不会倒吗？就在这后边。”

他果然寻到客堂后间，自己倒茶喝。

“好，好，我来替你倒算了。”徐守梅一下子却又追上来，到后间，向客堂外边一望，又轻轻向樊振民问，“你刚才说的真有这个事?”

“自然是真的，那能开玩笑。”

“那么我说，爸去干真是再好也没有了，你怎么不劝他?”

她也赞成吗?樊振民对她看看，笑着，一边模仿着徐子修底口气说：

“你那里懂得!”

十一

因为几天来的工作堆积着，那一天樊振民一直到打最后一堂退课钟的时候都还留在他那间办公室里；邻近的屋子已经没有人，自己也结束了手头的工作，伸了伸疲倦的腰板，稍稍坐着。天色开始暗淡下来，四周没有声息，只听到陈三拿着鸡毛帚子在近边房间里收拾，又一间间上着锁。正准备离开了，却忽然有人在门窗口轻轻敲。

还有人来找吗？他只好过去开了门。

“樊先生还没走？”

“幸亏先来看一看，要不然找到樊先生府上去了。”

樊振民看到是两个熟悉的学生：赵麟，陈建功。瞧样子是有着什么紧要的任务特意来找他似的，——

“怎么，找我有事情吗？”

“有一点事情，”那叫赵麟的向两边看一看说。

“好。”

他把他们让进了房间，先拿门关上。

往常也是随便惯了的，闲下来，无论在广场上，校园里，碰到几个平常亲近的学生就会东拉西扯地谈。可是在这办公处，闲常四周围同事来来往往，他们这样郑重地找来，倒是不常碰到的事。进了房，他没有坐，只把身体靠在写字台侧边，先对他们看了一下，——

“什么事啊？”问着。

“我们本来昨天就来找过樊先生，找不到，”赵麟很正式地这样说；

“是一部分同学对学校底情形看得实在忍不住，想有点表示，同时也想各方面尽可能取得一点联络，所以我们想先来找樊先生谈谈。”

“这意思很好，我很赞成。”

“也是樊先生你自己有过这种表示，所以敢来找。”

“不过这事情说迟呢，已经太迟了；说早呢，又仿佛嫌早一点。”

“我们可觉得再不能耽搁了，恐怕明天他们就……”

“怎么？”

“恐怕又有花样。”

“他们大概是预备把攻击底对象再扩大起来，”陈建功接着说，“恐怕樊先生你也在内的。”

“哦。”

经陈建功这样爽直地一说，樊振民觉得问题像严重起来；他暂时没有答话，却只看见赵麟对陈建功瞥了一眼，仿佛嫌他说话太简捷似的。陈建功并没有觉得；停会，他又出人不意地这样问：

“我们还想打听一下，是不是徐先生要来当校长？”

怎么！连这个都知道了吗？樊振民诧异。

“你这话是那儿听来的？”

“全学校还有谁不知道呢！”

还只是昨天才谈起的事情，想不到消息传出去竟有这么快，樊振民心里想，虽然对这两个学生大致信得过，却还不敢做确切的答覆，只从侧面远远地说：

“我也不过风闻到有这个话，底细不明白，就连徐先生自己都一点不知道。”

“他们可以为是樊先生底主动。”

“大概就因为这消息，所以他们又要想办法对付了，”赵麟说；“本来校长底问题我们是用不到顾问的，不过就怕他们又是滥用全体底名义，滥发宣言，……”

“这一回可没有那么容易！”陈建功插嘴。

“也怪你们平常太没有团结，竟弄得无法抵制。”

“所以这一回大家都感到要团结一下了，”还是由赵麟说下去，“我们最好还要有一个跟各方面通声气底机会，免得对什么事情都莫名底细地盲干。我想教职员方面大多数底态度倒也需要知道一点。”

“无论如何，对他们那班人总没有多大同情吧。”

“准不准备有所表示呢?”陈建功问。

“现在还不到时机。”

“樊先生自己态度总跟我们一致的。”

“大致总一样。”

“那你可以领导着我们干呢!”

樊振民笑了笑,“你话说得真干脆,可是事情却没有这么简单的。我也得先知道你们究竟是什么意思,预备怎么办法;究竟是一部分人呢,还是大多数;倒底有了准备没有。”

“自然是大多数,不过没有组织。”

“你们又没有学生会,——不过级会是有的,是不是?”

“也只有高中部。”

“是那些人负责的呢?”

“高二就是他,”陈建功指着赵麟说;“旁的几班也有法子召集。”

“那就好办了。你们不必等教职员方面有表示之后才发动的;老实说,教职员虽然人数少,情形倒更复杂,所以无论怎么样总是掉在你们后边。你们只能顾自己先来,譬如说,至少至少得在短期间内产生一个各级联席的代表会之类。——不过你们选举有没有把握?别弄得刚好送在人家手里。”

“只要照合法的手续投票呢,那是没有问题。”

“你想，你们这样大多数倒会让他们十来个人操纵了去，那实在有一点……”

“就是有些人不敢出头。”

“只要声势一大，就谁都会变得胆大了。”

“其实他们也没有什么，就为的是没人发动。”

“那自然，只要你们几个先锋队一冲，就马上会显出力量来的。所以现在第一，你们总得把组织先弄好，目前就没有举动，放在那儿，总有一天会用得到的。”

“不过这样子，樊先生你看会不会有什么效力？”赵麟却这样冷冷地问。

樊振民稍稍停顿了一下。

“你们今天底来意我完全懂得了：你们是怕单从一方面活动力量太单薄，是不是？总要别方面也有点表示才放心，是不是？”等不到答覆，他就自己接下去，“我也可以明白一点对你们说，教职员方面倒底不会太麻木，总多少有点准备了；就如说徐先生来当校长底话，既然有了这个话，也当然不会完全是空谈，总有点实际才成。现在两方面形式上的联合是想不出名义来的，不过到必要的时候自然大有这种可能。反正有事情，你们尽管来对我说，有困难，也尽管对我说，……”

“不过要找樊先生说一句话也不容易，这儿人多。”

“那到我家里去好了，很近的，他就去过几回，”顺手指着陈建功。“现在你们就单从他们假借名义这题目去发挥就尽够了，无需乎扯到旁的方面去。如果要顾到整个儿，那重要的可还不在教职员，譬如说，校董会你们能有办法吗？能知道他们抱的什么态度吗？”

“如果学校里全体上下联起来，校董会也不怕它，”陈建功大声插嘴。

“这还要看联合底动机是什么，目的是什么。”

沉默了片刻，他脸稍稍偏向赵麟，——

“譬如说，你们底动机呢？”

赵麟没有答，却是由陈建功抢上来说，“自然也有点思想底关系，我们觉得——”

到这里就没有说下去。

“我也懂得，可是我们谈谈也不要紧。”

樊振民微笑着说。突然他感到他们底谈话声是慢慢地变得太响了。本来在后边房里响着的鸡毛帚底声音仿佛猛可间停止，沉默着；他也沉默下来，半留意地听了一会，鸡毛帚便又响起来。小小一个房间要收拾到这么久吗？赵麟看樊振民不说话，像也有点觉察到，就这样说：

“现在时候不早，樊先生恐怕要回去。”

“好，”准备走底样子，“你们放手照这样干去吧。这儿多说话也不方便。大致事情这一两天总有变化的，我们再谈。”

陈建功像还有一些话没有说痛快底样子，可是赵麟走了，也只好跟着走。这个人倒的确是心直口快的，一点隐藏也没有呢，樊振民自己这样想。他稍稍坐了一会，就一个人走出房门，故意大声喊陈三，叫他别忘记把门上好锁。

十 二

陈三答应着，从后边绕过来，看樊振民早就走远了，他就再不是先前那副迟缓底样子，飞快地把几个房间一下子收拾好，都上了锁，就张张望望来到学生宿舍，找黎汉通报消息去。黎汉没找到，却只有姜立恒一个人躲在房间里写着什么东西；姜立恒发觉有人轻手轻脚推进门来，倒吓了一跳，急忙把写的东西拖一本书来掩住。

“黎先生呢？”

“啊，是你！”看到是陈三才放心。“黎先生昨天就出去，还没回来；有什么话对我说也一样。”

“今天给我撞到了，他们在商量事情呢！”

“谁？”

陈三有点气急地开始把他从壁缝里张到的情形说着；可是他们底话他却没有完全听清楚，只仿佛他们要开会那一类的意思。那几个人呢？那两个学生他也不认识；只是，一个戴眼镜，还有一个不高不矮，说起话来指手指脚的。姜立恒虽然可以约略猜测到，却对这番不周全的报告似乎还不能很满意；他把写的那张东西往衣袋里一塞，站起来，——

“还是让我自己看看去。”

“此刻早就散了，还来得及。”

“那你为什么不早一点来通知？”

“我想听他们说呢。”

“好，那我有数了，”姜立恒从新坐下，“你在这儿给人撞到也不方便，快点走吧。”

这样把陈三打发了去，自己还是留在房里，却并没有把那张东西继续写。知道是快到吃晚饭的时候了；不一会他也就走出房间，荡到外边行廊上。事情是仿佛纠纷起来了，他慢慢想起；他们要开会，是那一种性质的会呢？到底是那些人呢？他急乎想等黎汉商量。可是黎汉一去就那么一昼夜，弄得事情打头不应脑！他有点急；他荡到了校门口，候着。

一直到打晚膳钟的时候都还不见；吃饭可是不能放弃的，吃完饭，他又去校门口候了一阵。难道今天又不回来吗？四边都已经纷纷点上灯火，他只好自己踱回房间，却发现黎汉已经黑洞洞地一个人躺在床上。

“你什么时候回来的？”开着灯，问。

没答，睡熟了。

过去把他硬生生推醒，好久，才听他咕了几声，勉强张开了一双红肿得几乎张不开的眼睛，捻了一捻，并没有坐起来，只指着床铺前面的一个抽斗说：

“东西在这里边，你去找几个人张贴一下，”说着，像非常吃力地把身体动着，“我真累得要死，一夜没睡。”

姜立恒打开抽斗看了看，——

“今天要贴出去吗?”

“那自然。”

“不过事情有点变化呢。”

“怎么?”

“你坐起来呀，我本来要跟你商量。”

“这样不好说吗?”

再也不肯坐起来，姜立恒只好由他躺着，自己把从陈三那里听到的情形说了一遍，随后再加上：“照这样子，我们是不是需要缓一缓，看情形再说呢?”

“啊，我当是什么了不起的事情；我们当然照常进行，随他们去，看他们有什么花样。”

“等上一天半天不要紧，别把事情弄糟。”

“你去贴好了，凭我。”

“我是怕——”

“你别噜苏了。”黎汉转身向里床，还拿手掌遮住眼睛，挡住灯光：

“叫你去贴就去贴，还是让我好好儿睡一会吧。”

“你究竟怎么会累成这个样子？”

“昨天到二点钟那些人才散；后来，——”本来这个话是人家不给随便说的，可是话已经到了嘴边，而且这样得意的事情究竟能舍得不说吗？他倒反显得精神好了一点，稍稍回过身。“后来我跟尤丹初两个人还在堂口招呼了一个跑栈房的，一直胡调到天亮。”

“正经事不办，原来在搅女人！”

“怎么不办呢，你知道我们做了多少事情！——发信，发消息，会议，跑腿，昨天半天，今天一天，过一天还得去，那儿像你这样闲着。现在你赶快把这个贴了出去再说，该让我歇歇了。”

“成问题我是不管的。”

“谁要你管！——你还是替我把电灯关了，亮得不能睡。”

姜立恒看他又翻转身，顾自己睡觉，便只好不再说下去，从抽斗里拿了东西，依他底话熄了灯，就悄悄地离开了那黑洞洞的房间。

十 三

一觉醒来，正捻着眼睛，在床上捱了一些时刻，就听到从外边传来打钟底声音。同房间的三个人早就起了床，黎汉也打开薄薄的棉被，一边撑起身，一边顺口问：

“是早饭钟吗?”

“那里，已经是预备钟了，”姜立恒答着。

想不到这一觉竟睡得这么长，黎汉就赶快一步离开床铺，伸着胳膊打一个呵欠，——

“昨天那东西贴出去了没有?”

“都贴了。”

“有什么反响呢?”

“现在还没有。”

“可不是，我对你说……。”

他说了半句，就走到窗口桌边去，用比平常稍稍迅速的动作洗了脸，梳了头发；正回到床沿边穿着皮鞋，他才猛然想起头一堂正是徐子修底课。如果早一点记得他也用不到这样性急起身的；他把脚一踢，凭空骂了一声“操”，还上什么鬼课呢，再看徐老头子底鬼脸嘴去吗！

“咱们别去了，你还怕旷课不成。”

“也得外边去看看，不知有没有什么花样。”

“那也好。”

等黎汉把衣服穿着停当，便两个人一起走出了宿舍，来到那条无论到什么地方都必然要经过的长廊上。那地方是越显得比平常漂亮了，昨晚上新贴上的标语是那么鲜艳触目。可是，却像反不能引起前一天似的紧张和注意呢。不到上课钟，走上廊来往的同学们还不多；就是看到的，也并不三三五五聚集着，只稍稍逗留就走过。黎汉带着得意底神态这样巡阅了一遍，他推推姜立恒底肘子说：

“你瞧，什么事第一次干过，第二次就容易了。”

“我可听说这一次他们有准备。”

“陈三底鬼话你信他！”

“不单是陈三，昨天我后来还听到……”

“得了，得了，像你这样缩头缩尾地什么事都干不了。你趁早别说，还是陪我去吃点东西吧，昨天晚饭都没吃。”

“你一个人去，我吃过了。”

“一齐去吧，反正只要你底肚子，不要你底钱。”

说着，就不由分辩地把姜立恒一把拖，转身向校门外边走去。门口洋车零零乱乱，一些赶早课的教员们正陆续来到；黎汉把手照例插在裤袋里，顾自己大模大样走；半路上却碰见尤丹初也坐着洋车赶来，才算点头笑一下，也没说话。

“那家伙真厉害，”等那车子拉过了，黎汉往后边指一指说，“每夜里这样胡调，一清早倒又赶得上！”

远远地又听到钟声。

话这样提了头，黎汉却禁不住又想起前天夜里那一番景像来。他还打着呵欠，耳根边像至今还能听到那一派粗嗄淫亵的声调，眼前还只看到那一个尽是肥肉的胸膛。走着，走着，一下子像连说话底心情都没有了。

“究竟到那儿去啊?”姜立恒倒急着催问。

“过去再说。”

还过去吗?他们早就走到了那家常去的小咖啡店门口。

“走来走去还不又是老地方!”

“这儿吗?今天偏不去。”姜立恒倒没有想到黎汉会变了主意。“推三推四的，带她出去真像带乡下人进城了。外边去跑跑，看多了，这种货色真不值钱!”

他打头走进了隔壁一家没有女招待的铺子，——

“点心还是这儿好，我们也好久没来。”

进门才记得以前还该上三十呢不知四十块钱底帐，

可是已经进了店堂，就不预备缩回去；而且看到店主人还是笑迎迎过来招呼，没提起，他就安心坐着了。

是打算捱过了这个钟头再回学校去的，他们过意拖荡着时间，吃了这样又那样；别说那个没吃过，就连吃过了早饭的，倒也并不是没有好的胃口，没话说，黎汉尽是兴抖抖地谈着女人底事，搬出了他语汇里所有的形容词来形容着，竟说得姜立恒都把心里惦念着的事情忘记，只顾聚精会神地听。……

本来一下子还不打算走，却不料猛然有两个同学急忙忙地闯进小店里把黎汉底话打断了。

“什么地方都找过，怎么倒躲在这儿!”

“找我们干吗!”

“怎么不去! 他们在那儿开会呢。”

“开什么会?”

“今天没上课，你们还不知道!”气急地这样说；“快走吧，再不去，他们，他们……”

真有这个事吗? 黎汉这才提起了精神，对姜立恒顺眼一看，刚要骂出口的话赶忙缩住；明明是自己大意再要埋怨人到底太不成话了。他怔了一阵；“那么我们去吧，”说了一声，就带着一伙人冲出那店铺去。

“今天是一块四角半，”店主人迎上来。

“好，好，一并写在帐上再说。”

不想店主人却过来把身子挡住他底去路。

“黎先生，还有以前四十多块帐能不能今天……”

“真讨厌！这一点钱还不放心。”

“不是不放心，我们本钱小，外边去借要三分利；黎先生，你……”

“人家有要紧事情，你噜苏什么！”

顺手就把他一推，推开一条出路，一窝蜂走了。在回校去的路上，黎汉才弄清楚现在在开的是级会，是他们临时召集的，通告就贴在课堂门口。

“是不是，我说要留点儿神，”姜立恒说着。

“现在还提它干什么！赶快我们也参加去，看他们有什么办法。”

四个人之中倒有三个是高二的，只有姜立恒是高三；就把姜立恒剩掉在前面课堂里，让他去参加他自己底，黎汉跟其余的两个跑到高二课堂边，果然看见站在讲台上的并不是徐子修，却是赵麟。看他们进来，全场五十多个人仿佛起了一阵小小的动乱，把眼光向黎汉身上集中。赵麟也稍稍把话停顿了。

“开什么会呀，怎么没有通知！”

大声嚷着，却没人答话；黎汉向四面一看，三个人就一起去找了几个联在一起的座位坐下了。

赵麟等动乱稍稍平静一下；就继续说：

“对这提案各位同学还有什么意见，请赶快提出，现在就要付表决了。”

“是什么提案，根本不知道。”

黎汉对两边看着说。

“好，现在有几位同学来迟了，没听到，我再把这提案底意思说一说。——是因为大多数同学感到全校同学向来太没有团结，需要有一个各级联在一起的组织；具体的办法还没有讨论到，现在正讨论原则上需不需要成立。”

“为什么要这种组织呢？”

“刚才大家提出的理由是这样：本来全体学生是需要有一个经常的组织，尤其是最近，”说到这里，他对黎汉定眼看了一下，就又字句清楚，从容不迫地接下去，“最近学校里情形非常不安定，时常有人借用了全体同学底名义来做各种表示，我们为要用合法的手续来处置这种问题，就觉得正式的组织更是刻不容缓了。”

说这一段话的时候全场像显得特别静；大家没有对讲台上望，却把眼光不期而然地移转到黎汉坐的那只角去，而且很显然地看到他脸色一下子就变了。

“现在大家还有什么意见哪？”

主席在台上问。

黎汉对在他四周围的人看了看，为什么自己那些人都不开口呢！“我反对这个提案，”他没办法，却并没有站起来，就坐在那里突然间这样气愤愤地大声喊。

“那么请提出反对底理由。”

还要提理由吗？他这才从座位上不自在地站起来。

“我觉得……”一下子并没有把这理由想好，“我觉得并没有必要来。我以为，……我以为这种组织没有什么道理……”仿佛以为这样还收不了场，再想说几句，却愈焦急就愈想不出下文，他底好凭空站了一阵，又坐下了。

“好，现在提出理由了。有附议的没有呢？”

黎汉赶快扯一扯身边两个人底袖口；两个人同时说：

“我附议。”

“现在两方面说的理由都已经很充足，为节省时间起见，就付表决吧。”

举手表决的时候两方面都显得有点迟钝：投反对票的手只有两只角上那么六七只，再等也等不出加添的；赞成的起先也是零零落落，全场的人互相望着，不动。可是主席从新说了一遍，又稍稍等了些时刻，手却一只只加添起来，直到几乎所有的手都举着，再也看不出是谁了。

“大多数，通过。”

这许多不知怎么会举起来的手使黎汉馁了气。“这样糊里糊涂的议案算得了数吗！”还这样倔强地咆哮了一句，却还是没有人理睬他，主席当做不听见似地顾自己征求着发动这种组织底具体方案，也有一些人站起来先后发言。黎汉青着脸，人家还说些什么话他都没有听清楚；自然，他是连再听下去底必要都没有了。等一会，再也等不出道理来，他忽然间站起身，——

“这种鬼会议开它干什么，我们走吧！”

把自己几个人一个个拖着，一边嘴里又不知嚷些什么话，就一块儿悻悻然离开课堂，拥到了高三班底课堂前面；那里也正聚满了人，同样在开会呢。黎汉就在那窗外大声喊着姜立恒，把他叫出来。

“我们不要参加他们这些会吧。”

“事情不对呢，”姜立恒还没知道高二班发生的事，他慌慌张张对黎汉这样低声说，“他们已经通过了要组织代表会。”

“通过了这种议案你还不退席！——我们走。”

“你们那边怎么样？”

“别说了，看他们有什么办法。”

几个人离开那地方，莫名其妙地跑了一阵，像是要跑回到宿舍去；走过那长廊的时候，他们还发现有几张刚才还好好的标语不知怎么已经给扯碎。

“谁扯的，你们怎么不留心看着！”

但倒底自觉到重要的还是由于自己底糊涂，他只问了一句，并没有去追究，就跑过了。

“我们跑那儿去啊？”姜立恒茫然地问。

连领头的黎汉自己也不知道呢。

“我看还是找尤丹初谈一谈。”

这才把无目标的脚步停下了，踌躇一会，“那儿去说话呢？现在也不知他走了没有，——”他随意找到身边一个人，“你看看去吧。”

那个人刚要走，却又回身问：“如果找到怎么办？”

“我们在这儿等他。”

“不好，”姜立恒插嘴说，“还是我们在校门外边等，请他就出来。”

剩下来几个人缓缓地走到校门外边人迹稀少的大路上等着，谁也没有说话；姜立恒时时把眼光对黎汉看，像要说话底样子，可是看到他那副不愿意谈起似的脸嘴，也就不响了。耐性等，好久都没有消息。

“操，我们等什么，不上课一定早走了！”

“不过总等有了回音再说。”

终于得到了回音，说是：“叫我们等一会，他就出来。”

还要等一会吗？黎汉实在已经焦急到恨不能立刻找到教员室去，可是已经等了这么许多时候，只好捺住性子，再等着。又隔上好几分钟才看到尤丹初从里面慢慢走出来，到门口，挡开洋车头底邀袭，向两边一望，看到了他们，远远招呼着，走到他们身边，——

“等久了吧，他们也在那儿谈起这事情。”

“要不要还找个地方坐坐？”姜立恒问起。

“不不，我就去，我还有许多事呢，”尤丹初匆忙地说，“你们这边事情我大概也有点知道。他们究竟讨论了什么事！——我们一边走一边谈几句话好了。”

三五个人在路旁慢慢走着。

“他们已经通过了要召集各级代表会，恐怕不久一定会有表示。”

“会还没开完呢，你们怎么不参加？”

“是老黎叫大家退席的。”

“这种会开它干吗，叫人干受气！”黎汉嚣嚣然说。

尤丹初对黎汉一看，稍稍停了一会，才说下去：“这种情形我也猜得到。不过这没有多大关系，重要的究竟不是在这一方面。什么事等过明天就再翻也翻不出花样来了。”

“我也说随他们去，看他们究竟有多大能力！”

“不过……”姜立恒想插嘴。

“据我看，你们今天根本用不到声张，只做一点调查底工作就够，明天早一点到我那栈房里去；把情形说一说，等下午事情有了决定，我们再从长商量一方面一方面的对付办法。”

“那个房间还开着吗？”黎汉问。

“这几天最要紧的，那能没有一个接洽地点！——明天你们两个全来好了，正要人帮忙。”

“这样也好。”

“事情还很复杂，现在多说是没有用的。”

再没有说话，走了一阵，尤丹初猛然又转过头来对姜立恒："不错，你个人底事老黎对你说了没有？"

"没有说。"

"啊，谈谈旁的事就根本忘了，"黎汉这才记起来。

可是现在已经用不到他，还是让尤丹初自己说："我替你进行的那个事情问题是绝对没有的，不过近来实在忙得抽不出工夫来跑，总要等这儿事情告一段落。我怕你急，所以叫老黎先来通知你一下，总之，你放心好了。"

"这多亏尤先生这样帮忙。"

"那里，自己人还说得到这些话吗？你只等那么三五天就成。——好，现在我想雇车走了，明天见。"

"明天上午一准来。"

"要早一点呢！"又回头对黎汉。

"好，准定九点以前到，总不太迟吧。"

十　四

说九点钟以前到的，却不料一耽二误地在离开校门的时候就已经快十点了。到那边怕不要十一点多吗，这么远的路？黎汉简直有些不相信时间底进行；他只好赶快一步，跟姜立恒一起出了校门，就跳上洋车一路上上下下，还换上两截公共汽车，好容易跑来到约定的旅馆。

“不知他会不会跑出去呢！”

两个人走进栈房门，这样说，就跨上电梯。

在五层楼上的那一个单人房间里，今天想不到已经黑压压地看过去尽是人，虽然仔细一数也不过四五个，却把小小的房间挤满了。一看，几乎都是些不认识的，尤丹初却偏偏不在内。

“找谁呀？”

“我们找尤先生。”

正有点愕然，却看见一个留着些小胡髭的中年人从躺着的床上坐起来招呼；姜立恒还是不认识，黎汉可认识了，——

“是尤先生约我们来的。”

“不错，他说起的；他现在有点事情出去了，就回来。你们请等一下。”

有人替他们腾出了两张椅子，黎汉就拖姜立恒过去坐着。那中年人只把他们这样介绍，“是德中里两位同学，”并没有把另外那些人介绍给他们认识。屋子里空气像是凝重起来，谁也不说话，只是有的抽烟，不抽烟的提起茶壶来倒茶喝。过后，只又看见那中年人把另一个人叫到床上去躺着，声音轻得不让人听到，咬住耳朵捣了好半天鬼。

黎汉也学着样，把嘴凑到姜立恒耳根边去说：

“那个有胡髭的就是将来的陈校长。”

姜立恒像有点惊惶，他觉得倒需要仔细认一认了。

“另外几个呢？”

“我也一个不认识。”

正悄悄地这样谈，那位未来的校长先生突然站了起来，拿着帽子，先对大伙儿说了一声“那么我们先走”，又转脸对黎汉他们两个，“你们再等一下，丹初一定就来的，有些事情他会跟你们接头。”刚来得及站起来送，他已经带着另外两个人乱匆匆走出门去，只把四个互相不认识的人剩下在那房间里。

这才自己对问了姓名，谈了些无关痛痒的话；这两个人跟目前这事情有点什么关系黎汉始终也没有弄清楚。他只觉得愈谈就愈焦急起来，他简直有点不想再等，——

“还不来，我们怎么样?”

“是我们自己来迟了，”姜立恒却这样答，“还是等一下的好。”

直到该吃午饭的时候，才看到尤丹初推进房门来。

“呵，你们来了。”

“我们足足等了一个多钟头，你跑那儿去?”

尤丹初可是慌慌张张地没有答应，也并没有责问他们为什么来得这样迟。他只在房间里转了一个圈子，拿出怀中手册来翻，又匆匆地跑到外边去打电话。隔上一会，才回来，先对屋子里其他两个人问了几句没头没脑的话，把他们先打发了去。他头额上沁着汗珠，稍稍安定下来，又过去开了窗，解了几个纽子，舒着气。

“事情怎么样啊?”姜立恒等他忙乱过了才这样问。

“我正要对你们说，……”

他坐下来；很显然地已经不是先前几天那种颇有把握似的神态，说话也像慢吞吞地不那么爽利了。

“本来我还想托老黎跑一跑，现在可来不及。”

“情形究竟……”

“事情是多少有点变化；想不到他们几天来竟活动得这样厉害；徐子修那老东西人缘倒又这么好。”

黎汉起首还只漠然听着，这样说，他倒着急起来。事情有变化？——难道徐老头子真会搅成功吗？他就抢着问：

“是不是校董会成问题？”

“现在当然说不定。”

“是不是他们那方面占了优势？”

尤丹初没有确切的答话，只含糊地说，“就是，就是时间太局促，如果再有那么三五天，就有办法。”

“你怎么前几天说得这样有把握？”

“这本来是想不到的，谁知道竟有人肯替他挣腰！”

“那现在怎么办？”姜立恒惶然地问。

“办法总会有：是立案的学校，校董会也有法子可以给解散的；不过这样一来，近路走不通，倒要兜远路了。”尤丹初说着，就沉默下来，好一会才又，“现在且等下半天有了决定再谈，再过一个多钟头他们就开会。”

“难道我们各方面事前没有打招呼？”

“招呼怎么没打，否则这几天忙什么！就是……”

却不料黎汉也沉思了一阵，猛然间兴奋地站起来，嚷着：

“我可无论如何不让那老东西搅成功的！”

“你有什么办法？”姜立恒问。

“来一个反对一个看他还搅得下去！”

姜立恒不信任似地笑了笑，“现在可不能说得那么轻易了。”

“老黎，老黎，”尤丹初仿佛也对黎汉底能力怀疑起来，他帮着姜立恒说，“我看你还是别从这方面去打算；如果事情有转机，你还是再到你姊夫那儿好好地去说一说，那才是正路。”

“那容易。”

“去一趟当然容易，可要请他切切实实帮忙的。”

“他已经给各校董发了信了。”

可是据尤丹初所知道，却并没有一位校董接到过这种信；只是他也不愿意逼得黎汉没话对答，就随便说，“你再去提一提总更好一点。”

姜立恒对黎汉看，“其实你现在就去跑一趟吧。”

“现在可不必了。”

“那我们……”

“既然来了，就停半天听了消息，商量了办法去：也许下午会有许多事情的，现在说不了，只能坐等。——”说着，呆定住一双眼，茫然了一阵子。“趁现在空当我们且叫饭吧，吃饱了肚子再说。”

尤丹初站起来按电铃招呼着茶房。……

三个人吃完饭，在栈房里心神不定地候上两个多钟头，中间来了几个人，几次电话，却都是无关紧要地并没有带来了确切的消息。他们无聊地把原先几句话翻来覆去谈；一直到三点过后，又是电话。这一次尤丹初出去了好半天才回来，回来的时候脸上气色仿佛缓和了许多；他一进门就说：

“事情还好，还好。”

“怎么，已经没问题了吗？”

“那是没这样容易的，——不足法定人数，延会，要到下星期再召集。”

“会根本没有开成？”

“只到了十个人，临时改成谈话会。”

“各方面空气怎么样呢？”姜立恒只顾急迫地追问。

尤丹初却像没有心绪详细答覆似的，只自己搓着手，想着什么事情底样子；仿佛隔好一会才听到这问话，他含糊地说，“你说空气吗？据说好是不怎么好，徐子修底问题已经有人提起了，不过不要紧，今天到会的就只有他们那边几个人，自然是一方面的话。只要有充分的时间……”

没有说下去，又停了一会却转向黎汉：

“照现在这情形，又得劳你去跑一趟了。”

“现在就去吗？”

“不一定今天，不过能够早一点最好。——这一回你得说得切实一点，事情要是搅不成，那可不是给人笑话！”

“真的，辛辛苦苦闹了半天，倒让人坐享其成。”

姜立恒也夹嘴说。

“这一回自然，这一回……”黎汉究竟觉得几天来模模糊糊的对付有点说不过去，他只好让人隐隐埋怨着，没有声辩；而且让别人搅成倒也没有什么，给徐子修搅成他怎么甘心呢！“这一回一定尽力干一下就是，”他着实地说。

“那你何妨现在就去，免得这么远再出来？”

姜立恒又从旁怂恿。

“现在去是再好没有，”尤丹初说着；“我看你别去找你姊夫，找你姊姊倒好一点。”

“我也这样想。”

黎汉给逼得没办法，只好站起来准备走。

“那么这儿还要不要再来呢？”

“我看，我看今天也无需；我也就要出去，不知几时回这儿，反正有事情后天可以接头。”

“这样我们只好各自回去了，”又转脸对姜立恒。

“好的。”

应了一声，等黎汉走转背，姜立恒就悄悄地跟尤丹初咬着耳朵，“尤先生，你不能太相信他，他那姊姊又不是什么正式的太太，不过是……”

“这个我知道，”尤丹初却笑起来，“不正式的才好说话呢！”

“托老黎的事十件就有九件靠不住。”

“这一回我可料他一定卖气力。”

“不过也不能单靠他的。”

“那自然，单靠他一个人还干得了什么事，不过在这一方面也伸一只脚，总多少也好借一点力。总之，外边的接洽你不用问，学校里面的事，你多用点劲就是。”

“那么我们在校里可需要……？”

“现在——”尤丹初始终像是在想着旁的什么东西，对这方面一下子并没有具体的打算，“现在我倒也想不起来。我此刻就要走，他们在等的。等那边进行得差不多，我们再，再商量对付学校里边的事。我们后天再谈。”

十五

吕次青得到这同样的消息已经在第二天，当天晚上他一回学校里，想把它传布，却一下子找不到对象，就又怪不舒服地敖了一夜，到第三天，星期一，才老早就到教员休息室去张张望望。先是还没有人，随后看见来到的却是尤丹初和徐子修；还是一句话都不能谈的！他候来候去地总是候不到樊振民，可不知不觉已经到了上课底时刻。只好先去上过两点钟课，等退课下来再绕到樊振民那办公室去，那才算找到。

“怎么，你听到前天底消息没有?”迎头就这样问。

“什么消息?”

“校董会开会底情形。”

“呵，那我已经听到说起了。”

只这样平淡地答；这答话似乎叫人扫兴，想不到他消息倒也这样灵通。——“你怎么已经知道，谁告诉你的?”

樊振民笑了一笑。

“我们在这儿说话轻一点吧。”

“现在还怕什么，几乎是公开的事了。”

“事情究竟还没有定局呢，吕先生，你也不能太过乐观了。”

“这还怕成问题吗？本来前天就已经可以发表的，就因为少到了几个人，”吕次青还是这样大声说；可是停一会，他到底稍稍压低了声音接了下去：“不过这样也好，我们倒可以充分准备一下，自己方面该怎样布置，安排……”

正这样说，有人却替樊振民送了一封信进来，把话打断了。樊振民先把信封一看，微微显着惊异底样子；他没有话，只自己拆了信，把一张写满了笔划零乱的字迹的信纸抽出来。那封信只看到半中间，就没有看下去，停住了沉思着；随后，他只把第二页翻开来胡乱瞥了一眼，又注意了一下信封上的邮戳，终于还是一声不响地把它连封套一起揣到怀里去。

“什么信啊？”吕次青忍不住好奇地问。

“没关系，我们谈我们底事吧。”

看样子一定是有关系的，吕次青偏要这样猜；可是人家不愿说，他只好不追问。停一会，——

“我说，”他又转到了本题，“现在你总该把徐先生请出来，邀几个人大家正式谈一次话了；这几天我是依着你底吩咐，绝口不跟他提，不过这样下去究竟不是办法，是不是？”

“也总得我先去接一下头。”

“那自然，总得由你招集。”

“我今天本来就打算去一下的，正好顺便谈一谈。”

“就是，我觉得，最好事情能干脆一点，对前途也更有利，我们何妨开诚布公地谈呢？……”

“能干脆当然是最好了。”

樊振民随便答着，站起来，把几册课本移到了手头。

“你今天还有课吗？”

“有一堂。”

像还有好一些话想说，可一下子又不怎么方便说底样子；纵然不说，樊振民却大致能够懂得。两方面沉默了一阵，吕次青终于叫人莫名所以地自己点着头，说：

“好，那你上课吧；我去找敬斋谈谈，不知他来了没有。”

“我们慢慢谈；自己方面总容易商量。”

吕次青缓步地走转背，樊振民就又从新坐下来，他无意识地把书本在角上轻轻翻着，并不看；隔一会，又摸出了口袋里的信，详详细细地看了第二次。钟打着，他不动，把信看完，仍然揣在怀里，这才拿起书本，若有所思地走上课堂去。……

下午一吃完饭就到徐子修家里来，却只看见徐守梅端一张藤椅坐在廊檐下做针线。

“你爸呢?”

“他正睡午觉,”一边开始把针线收拾。

樊振民向里边走去,对书房门张一下。

“你别去吵醒他,你过来,我有话对你说呢。”

“什么话?”

“爸接到好几封恐吓信。”

她像报告一件重大的事情般低声地说;可是这话对樊振民却并不能造成她所想像的惊异,他只不相信似地问:

“好几封?”

“昨天一封,今天上午接连收到两封。”

“恐吓信是我也收到的,不过只有一封,”说着,把衣袋里的信摸出来,“你看这个。”

“你也有?”

把樊振民手里信的接了过去,坐在藤椅上,很郑重地看。他不声;注意着她那种神色底变化,仿佛倒也是一件颇有趣的事呢。静心等她把两页模糊而又潦草的字迹一个个字认完,正想开口问一些话,她可先抬起脸,张大眼睛,态度非常严肃地说:

“他们是不是真有手枪的?”

“那谁知道!”樊振民却笑起来,“你看到手枪两个字就怕,看到真的手枪怎么办!”

“这究竟不是闹着玩的，得留点儿神。”

“怎么留神法呢？枪子儿飞过来也来不及躲。”

“你这样说，就还是趁早声明不干拉倒，”徐守梅把信还给樊振民，态度显得越发郑重起来，“我是正正经经对你说呢。”

“你以前不是很赞成这事情？”

“谁想到他们会这样搅法，何苦拿性命去拼。”

“对你说了吧，”樊振民看她当了真地，倒不好再凭空增加她底惊慌，只能想出话来宽慰，“恐吓信总不外是恐吓，小花样也许有一点，这样大来是不会的。我们总不能经人一吓，就缩了头；人家越是这样，就越要干。”

“怎么你们这一回偏是一样的口气！”

“事情谁都是这样对付的，那有你这种办法。——这且不谈，我问你，你爸接到这信怎么态度？”

“可不是跟你一样！”

“怎么？”

“我详细对你说吧。昨天起先他接到信也不作声，样子倒也看不出来；后来吃晚饭，他要酒，喝了酒他才说了，还把信给我看。就跟你这个差不多的口气，不过还没有那么凶。今天两封可不对了，也没给我看，就放在抽斗里，是我偷偷去看的。”

“别管信里怎么说，他自己怎么表示啊？”

“真想不到的，他以前向来什么事都不高兴把自己起牵进去，这一回可不同了；他接到那封信旁的话不说，倒说是事情干不干本来还没决定，这样一下可偏不能放手。”

“他真这样说吗？”

“瞧你，听他这样说就得意了，应该不告诉你！——据我看，还是放手了拉倒，真的。”

“你别这样胆小，这没有什么道理。”

正说着，听到屋子里边传来咳嗽声，显然是徐子修醒了；他们把谈话中止，沉静中听到他已经从后房踱出来，一边叫着阿梅。跟这声音一起，他们同时走进屋子去。

“振民在这儿呢，”徐守梅通报。

“呵，我猜到你今天一定会来的，来一阵了吗？”

徐子修迎出来。他没有穿长衫，只穿着一身绉缩的夹衫裤；刚从午睡中醒觉，脸色像比平常苍白些，再仔细看，也像比前三两天瘦了些，——

“您怎么，今天气色仿佛……”

“没有什么，没有什么，”他却总是不叫人提起；这样把话挡开了就很快地接下去，“你过来，我给你看一点东西。”

樊振民跟徐子修走进书房去，也不叫坐，只见他立刻就在书桌上胡乱翻寻起来。“是找那几封信吧？守梅已经对我说过了，我自己也收到这种信的。”

“你也有吗？”

“内容大致总差不多。”

没有答。只在桌上翻来翻去都没翻到，“阿梅，我那几封信呢？”

“不是您自己放进抽屉的。”

“呵，我近来记性真坏！”抽开抽斗果然在，就拿出来交给樊振民：

“你说你也收到，带在身边没有？”

也把樊振民底信拿到手，坐下来看。守梅从旁面候着。刚才经振民一提她也突然间觉得父亲好像气色很不自然似的；光着头顶，信还看不到半页，额上就马上刻划了深深的皱纹。一天到晚在一起倒不觉得，仔细看，他真是比往年衰迈了许多，已经不是印在记忆里的父亲那样子了。她同时也记起连着两三夜他恐怕没有好好地睡，虽然隔着房间，上半夜却只听到他咳嗽，时时起床来小解，怪不得从来不睡午觉的，今天可特别关照叫人别去喊醒他，让他睡一下。究竟还不到五十，难道爸真这样衰老了吗？她悄悄地忧虑着。偏在这当口，倒有这么许多麻烦的问题兜上来，就算事情平平稳稳地成功，将来也能有精力对付得过去吗？……

“该死，该死！”徐子修突然间把信一丢，这样嚷，倒把守梅吓了一跳。他站起身，对樊振民一望，见他还没有把三封信看完，稍稍停一下，扭屈着嘴唇，等说话；可是倒底等不到对方看完，就在他跟前站定了说；

“这简直，简直是强盗底行为了！这一种人，将来无论事情变得怎么样，我们总是要反对到底的。”

樊振民把没有看了的几页信匆匆看过，拿它们一一都依旧套好在封袋里，搁在桌上。他对徐子修望了一眼说，“其实他们也是最笨的办法；这分明显得他们对前途是没有多大把握了，才用这一种狗急跳墙底手段。”

“你是这样说吗？”

“外边的情势差不多已经摆定了。”

“校董会经过怎么样，你知道？”

“前天是不足法定人数，延会到这个星期六，”樊振民从容不迫地说，“听他们讲，这一次延会倒是王校长活动出来的，跟他们并没有关系。”

“怎么，王校长还想回来？那倒也痛快。”

“回来是没有希望了，不过为账目方面，多耽搁几天，可以准备一下。”

“旁的且不管，他们有没有可能成功呢？”

“情形对他们是很不利的；前天临时改成了谈话会，也说起这事情。——这一次恐怕您倒真不能摆脱了，那天到的几位态度仿佛很一致。”

“呵——”

徐子修听了这个话起先也没有什么表示，只是额上的皱纹一下子却愈显得深绽起来，低垂着头，照老例在人跟前一来一去地踱，引得人眼光都几乎要发晕。沉默中听到的只是他从半塞住的鼻子里呼气底声音。

“振民，振民，”好久才站定了轻轻说，“这事情我几天来天天都在想。本来我实在也想不定。不过照目前这样子，倒反不能退让了；经人一恐吓就吓退，那实在也不成话。反正我又不是用什么卑鄙龌龊的手段去活动来的。不过，——”停下来啜吸着舌子，“不过，我怕自己总应付不了，现在精神也坏，脑筋也差，事实上各方面都要依仗你，可又不便叫你加上什么名义。万一真会成了事实，就我自己也不打算兼薪，一方面学校经济也为难，一方面也免得人说话，你当然更要多牺牲一点的。”

“您还说这个话吗！”

“这倒不是什么门面话，总要自己有了切切实实的把握，才能对人说负责两个字啊。”

“我个人当然完全听您指挥，不成问题的。”

“那许多同事呢？”

“也不成什么问题，就是，就是有几个最好笼络一下，”樊振民趁机会扳转到话题上来。

“怎么？谁？”徐子修根本不懂得这话底意思。

“总有少数人想得一点好处。”

“谁呢？你明白一点说啊。”

“人当然也不多，”那一个却是慢吞吞地，“就是张敬斋，他想一个教务主任恐怕想上好几年了，还有吕次青，看样子他仿佛想抓事务处，……”

“有这样的事？——他们如果想要趁机会捞一点好处的，那整个他们去干好了，我让开。”

“想何曾不想，办不到呢。”

“那他们还存什么趁火打劫底心！”

“事情本来没有什么，不过这一回也算亏他们尽了点吹嘘底力量。”

“我本来不想干，我根本就不需要他们来吹嘘。”

这样斩钉截铁的话使樊振民一下子没有方法对答。倒是个为难的问题呢，心里暗暗想；照这样子两方面恐怕就没有可能拉在一起了，至于邀几个人谈一谈，那可就更不必提。沉思着，看徐子修一时间倒也没有话，走到书台边去准备抽烟，悄悄地把烟枝慢吞吞卷着；等点好烟，却把椅子移转了方向，又说：

“本来呢，我对什么人都也并没有成见。不过第一，他们愈是想要，就愈得防备一下。就如事务处，就最容易出毛病的；如果还跟以前一样，那怎么成。还有一点，这样办在原则上也刚巧跟我底打算相反。”

“什么打算？”

樊振民并没有好好听，只随口问着，自己心里却慢慢有了新的决意。

“我是预备各方面裁并一下的。”他也是沉思着底样子。“你瞧，有许多职位都根本没事干，学校里，设备可这样简陋，图书馆没书，实验室没仪器，只要减少一个名目，每年就至少也好添多几百块钱设备费。……按理，有这么些经费也不致于……不致于……”

话说到这里，突然停住。隔一会，把还剩下大半枝的烟猛然向痰盂里丢，拿手伸上去捧住了头额。这意外的动作樊振民没看到，守梅却慌张地喊：

“爸，你怎么样?”

对他一望，樊振民也看到他脸色忽然间变得更苍白起来，额上还微微沁着汗珠，——“怎么?”也诧异地问。

“忽然间头晕，阿梅，你扶我一下。”

他们两个人同时赶过去，把他扶住，让他躺倒在椅背上，看他像非常疲倦似地喘着气；好久，才似乎稍稍平复底了一点。

“好一点吧?”

“好一点了；现在真不成，一用脑筋就……”

“爸恐怕受了寒，”徐守梅这样说，替他到后房拿过那件夹衫来，两个人帮着忙替他穿上。穿衣服的时候徐子修总觉得昏昏然，有点站立不稳，可是嘴里还是“不要紧，不要紧”地连声说。

“我看您还是休息一下吧，现在也没什么话要说了。”

徐子修不响，又坐了一阵，到底像支持不住，他就只能“去躺一下也好”这样说了一句，叫女儿扶着，走进卧房去。

“您其实也不必多费心，做到那儿算那儿。”

樊振民看他给扶进房，就自己一个人退到堂前，坐着。这仿佛有点像脑充血底征象，可是这样瘦的人，又不对；偏偏在这紧要关头倒害病，也算是不巧。不过，他又继续想，倒是个对吕次青那边搪塞底好借口呢。对他们就用点手段吧，利用他们底力量把事情搅成了再说，料他们到那时候也就没办法。这样也许太狠了一点，可是，可是……

正想着，徐守梅却已经从里边出来，她面带忧容地问：

“你看要紧不要紧？”

“大问题是没有的，很普通的病；明天如果还这样，找医生看看也好。——现在怎么样？”

“现在睡了，他不叫我陪。”

“不过你明天无论如何不能让他上学校去。”

“只要稍稍好一点，他恐怕又不肯。”

“这回你无论如何给拦住了；不但为他自己身体，而且他不去，对进行的事情也便利得多，免得有许多事情要他当面。”

“你总是单记着这一些!”

徐守梅抱怨似地说，像嫌他把对父亲健康的关心倒放到那些勾心斗角的作用底后边去：樊振民也觉察到，他不再从这一方面说下去，只停一会就站起身。

“我停下再来看看，现在还有事。”

她也没留他，只茫然地跟着走出去——“据我想，你们真还是把事情推辞掉算了：就不说人家捣乱，爸这样身体也不成。”

“事情开了头，那能就收场。”

“那叫他怎么受!”

“无论如何我总设法不叫他为难就是，你放心，”樊振民只好这样宽慰着，一边就自己拔开了门梢。

十 六

晚饭时候还支撑着起来，徐子修倒底觉得头脑昏昏然，地像是浮动着，屋子像是旋转着；同时他也没有好的食欲，吃了半碗饭，下半碗就淘了些开水，像送丸药似地吞下地。女儿忧虑地瞧着，好久，才耐不住轻轻说：

“爸，你就请几天假算了。”

“请假！你知道我二十多年总共请了几天假？”

到第二天，果然在照例的时刻，他就已经摸摸索索地起身来，把周身上下穿得整整齐齐的；女儿听到他底声音就赶忙来到他卧房里，看到他下了床，在屋子里没倚旁地站着。

“爸，今天好一点吧？”

“……”没有答；他只觉得连这样站一下都勉强，整个身体仿佛失去重心，随时都可能倒下来似的。

“你比昨天还厉害呢。”

“好，好，让我去写一个请假条子，停一天算了。”

“其实也不用写，”女儿过去把他扶住，“事务处这几天没有人。”

“有没有人是人家底事，我总得做了手续。”

他就扶在守梅底肘子上，勉强走到外间；她给翻开墨盒，摊好纸，他觉得拿笔的手都在抖动着，写下的字也不像自己平常的字了，那么毛，那么粗。好容易写完了一个条子，就似乎一分钟也再支持不下去，任凭怎么崛强也只好再给扶回到后房，把身体从新交托给床铺。

“究竟觉得怎么样？”

“……”不说。

“过一会还是去请医生来看看。”

徐子修停一下只这样答，“你早点去，条子一定要在上课之前送到的。”

“马上就去，还早得很呢。——我想还是请个医生来。”

女儿又偏是那种非要父亲答应过就什么事都不敢做主底脾气，她候着，非到有了确切的答覆不敢放心似的。

“好好，你去跟振民商量吧。其实是不要紧。”

说着，像不愿意再噜苏，就把身体转向里床，胡乱拖过一条薄被往身上一盖，不声。女儿停留一会，只顺手把被整一整好，几天来天气阴湿，免得他受寒。正预备走，却看见父亲又稍稍回过头来说：

“今天刚巧星期二，刘医生来的，叫振民同他顺便来一下好了。”

“刘医生恐怕不大……”

“又不是大毛病，这一点不会医吗！”

守梅不再声辩，就悄悄地退出房门去，让他自个儿睡。不到一小时之后，她就从学校里送了请假条，找了樊振民，回来，轻手轻脚踅到房门口一张，这一回倒睡熟了，她才稍稍安心。

不到午饭时候樊振民同了医生来，先由守梅进去通报，把父亲缓缓叫醒。可是请的医生却并不是刘校医，不知是多远的路程找来的，这样地兴师动众他似乎不高兴，只是，当着面，又由樊振民陪着，不好说。医生问了病状，特意测了血压和体温，起先一句话也不说，等开好方子，才——

“不要紧，休息三两天就好。”

徐守梅跟着医生走出卧房，到堂前，性急地问：

“究竟什么病呢？”

“是老毛病呢还是头一次？”

“以前并没有。”

“那不要紧，不过是一时的血压过高；时常发就麻烦——他喝酒吗？”

“有时候也喝。”

“酒可无论如何不能喝，防他复发，平常只要少用心，多休息，就没问题，他体质本来也不算坏。”

把医生送出门，她就跟樊振民一起回进来照样说：

“他关照少用心，多休息，酒绝对不能喝。”

徐子修像没听见，他只隔了一会顾自己对樊振民说，“不过这几天不上学校去，他们会说是假生病，给几封信吓怕了，不敢出门。”

“您再别这样东想西想了；他们要怎么说就怎么说，有什么关系！”

“眼面前刚巧有这么许多事情啊。”

“您暂时就别管它，我会替您留心，总不会怎么样。”

樊振民这一回不但自己没有提学校里的事，同时还恐怕他提起，只稍稍陪了一阵就离开；到下午去配了药，自己送来，却并没有去打扰他，只轻轻地在外边跟徐守梅问了几句话，也就匆匆走了。

自从服了药，病状纵然没有加深，夜里却还是不能好好睡；到第二天早晨，头脑照样昏昏然，躺在床上还过得去，稍稍从铺里坐起身，就仿佛前额上带着一个沉重的冠，会把身体压下来。这情形，凭你多么烦燥着也只好继续再请几天假；可越是请假，他却越像是有许多事情放心不下底样子，看女儿在面前，他满肚子不自在地老这样嚷：

“那儿去找来的医生哪，药吃下去一点没有用!”

“才吃了几片总没有这么快。”

女儿留心着，按时候总拿药片去看住他服。

直到服了两天药，他才把对医生的咒骂停住，只自个儿对床铺和被窝感到讨厌起来。老这样躺着可不把人闷死吗？他时常坐起身，要烟抽，可是几次都让女儿费尽口舌，仍然按下到被窝里，一边买一些淡而无味的卷烟来让他过瘾。那一天下午，他像再也敖不下去，趁女儿上了学校，就把那个除开收拾房间和开饭的时候之外从来不看见的，半聋半哑的女用人大声叫了过来，叫她到外边廊檐下放好一张藤榻，垫上一些被褥，自己扶墙摸壁地出去到榻上躺一会。

“明天一定可以起床呢!”

心里这样想。

看着天，辽扩的天，看着太阳光，他觉得心境也慢慢放宽了一些。究竟有什么事情需要这样苦苦地打算，操劳呢？一个人只要俯仰无愧，旁的还管它什么呢？白天尽了本分，尽了人事，晚上就痛痛快快蒙着头睡觉；什么事想过就做，做过就放开；旁的且不说，寿命多少也好长一点了。经这样想，几天来的睡不着觉倒反显得有点好笑似的。……

这样舒舒服服躺一阵，差不多到了女儿快回来的时候，怕她又来噜苏，麻烦，究竟也算是一分好心呢，他就悄悄地溜回到床上，还叫把藤塌收拾得干干净净，不留一丝痕迹。

又一天，药是无需女儿底监视就留意地吃，只是，要他在床上再闷一整天却无论如何办不到了。纵然答应学校里再加添一日假，可是经女儿三拦四阻的，他就一时间又变得暴燥地喊：

“今天无论如何要起床了；我已经起来过，一点没有什么!”

“几时起来过?”

“昨天你上学校的时候。”

本来打算对女儿瞒住，到底自己说了出来；她知道没法子再阻拦，就小心地伏侍他起了床。他把头轻轻摇着，就比昨天还轻松点：前几天那顶沉重的冠，已经不知到那儿去。

“气色是的确好多了。”

守梅看他已经能够稳稳静静地走路，不再歪来偏去的，也就放下心。

“那个药真有点意思，一个方子就……”

“换了刘校医恐怕就没这样快。”

“我想明天可以不用请假。”

“明天是星期，自然就用不到请假的，”她也打趣着。

明天是星期，徐子修倒没有记清楚；这么说，今天就是星期六了。事情要决定就是在今天，可是他睡了这么一星期，樊振民来到也只是问候病状，从来就没有提起过一句学校里的事；上星期闹了怎么许多花样，这个星期有什么变化他简直一点也不知道呢！他一下子像急乎要知道；停上一会，他对女儿说：

“停下你去把振民找来，有些事情我要跟他谈谈定。”

“怎么，刚好了一点就又记起这一些事了，”听到这突然的话诧异地对父亲一望，她低声这样答。

十 七

天生成的劳伤命总是受不了闲空的，病体一复原，独自个留在家里，有些工作倒像还没有多大的气力做，徐子修只这样坐着，躺着，就又觉得空洞洞地自己无聊起来。他有点性急地等着樊振民，等着女儿回家。今天这几小时候的孤独比不了平常：平常翻报翻书，弄花弄草，时间就飞快地过去；今天可只是看着太阳光，看着钟面上的分针，那些东西行动可都那么迟缓，简直有点会叫人生气似的，——

“他们还不来，学校里事情到底不知怎么样。”

时常这样惦念着，他忘记已经整星期地这样等下来，这短短的几小时倒像再也等不及底样子。

女儿倒是准时刻就回家，还是父亲自己去开的门。

“你瞧，我已经很好了。”

这一回徐守梅却并不像前几天似地一回家就噜苏地问着他底健康，进门来一个字都没有说，也仿佛没有对他好好地看一眼，只拿手帕自己捻一捻鼻子，就慌慌张张走进卧房去。父亲可并没有发觉什么异样，他也回到自己底藤榻边，躺着。

等上好久都没有看见女儿出来。

“阿梅啊，”他喊着。

应了一声，还是不见她出来。起先还以为是女人底私事，他只好耐性等，可到底开始觉得有点诧异了，他又喊：

“怎么躲在房间不出来，我有话问你呢！”

又隔上一阵，才一声不响地来到父亲身边，站着不动。

“你找到了振民没有？”

“没去找。”

“怎么，我叫你去把他找来的……”

没有答话。徐子修偶尔抬起脸对她望了一眼，他吃惊。女儿眼圈红着，腮颊上显然还留下没有来得及拭净的泪痕。

“怎么，你怎么！”他不再追问自己底话。

“我身体不舒服。”

那里是生病底样子，分明是躲在房里哭过了！“你究竟什么事啊？”徐子修从塌上坐起身来问。

“我真没有事，”声音却微微抖动。

“你哭了。”

"……"

"阿梅，阿梅，"平常是那么刚愎的父亲却一下子把口音变得那么柔和，"你一定有什么事，不用瞒我的，好好儿对我说，我不能让你吃亏。"

这事情能对父亲说吗？如果在平常，在外边受了这样的委屈，她一定立刻就跑回家来，在他跟前诉说一个痛快，或甚至哭一个痛快的。可是想到父亲底病体刚好，这事情又定然会把他激动，她这一回原是打定主意对他瞒一个透顶，却不想自己底抑制不住的感情到底把事情泄漏了去。不能，不能的！她起先还想勉强支撑，却自己禁不住那种温情的慰问，倒像越发装瞒不下去底样子。心一软，鼻子稍稍翕动，她终于出人不意地转过背，又跑回到自己房里，向床上倒下身，两手抓住枕头衣；纵然还敖住声音，按捺不住的眼泪可只好让它毫无阻拦地流着了。

"阿梅，你出来，对我说怕什么！"

父亲还在外边嚷，她却连应一下底声音都没有。

总算还能听到父亲在外边站起来，向她那房里走，她赶快把床跟前台子上的一张报纸拿来塞在枕头下面，拿自己底脸颊把枕头压住。

"你这样也不对，究竟……"

徐子修走到她床跟前来问，心里疑东疑西地再也猜不到什么事。

“爸，你这种事不用管。”

“你受气我也不好过，你对我说。”

“别问吧，别问吧！”

只见女儿越问就越哭得厉害了，徐子修没办法地站了一阵；可是他倒底也放不开，又走近一步，在她床沿下坐下，在她身上轻轻推。正要开口，她把身体一转，无意中让压在枕头下面的那张报纸露出了一只角来。他瞥见了，是一分小报底样子。

“阿梅从来不看这些东西的。”

正转念间，女儿已经慌张地看到了，像要来夺，徐子修却趁先那张报纸拿到了手里。

“爸，你看它干什么，看它干什么！”

发急也来不及，父亲已经翻开了那一分不知谁特意寄给她的报纸，而且已经看到那一段用红笔圈出的文字了。为什么到底会让他看见呢！她干脆就放声哭，连声叫着“爸”，却不知道要怎么说下去。

那文字底标题是，“城西某中学学潮秘闻”；文字旁边还连续不断地画着许多红圈子。徐子修一眼望去就看到了无数的“徐某”。先还只说他“老朽昏庸”，说他“存非分之想”，再往下可就更难入目了。也没有心思仔细读，只是，“徐某有女，赋性浪漫，”“青年男子趋之若鹜，”“花前月下，事有不可告人者，”“徐某能得一般轻薄教员之拥戴，盖非无因，”这一类奇怪的字句却像混做不能分辨的一团，弄得他心乱眼花，直到已经把报纸放开，都还像看到这些字句变成无数的妖怪在他眼前乱跳乱舞着，……

只自己还意识到需要镇定；他好久没有动一动，没有说一句话，直到稍稍恢复了心境底平衡，才从床沿上站起来，也不继续替女儿劝解，只顾自己沉下脸，走出了那个房。

已经是四十七岁的年纪了，他却从来没有发现过人类竟会是这样卑劣的。他想起自己洁身自好的一生，自己那种剥夺了个人的享受，辛辛苦苦为人服务的一生，到临了，这世界却拿这样的待遇来给他做酬劳吗？这世界，这人类！难道竟没有黑白，竟没有是非了吗？他一个人在堂前茫然地踱，全身被一种残酷地刺痛着的悲愤所占据。

“这，这样下去是不成的！”

他觉得自己不能让人随意诬赖，让人随意冤枉；他需要声辩。他悄悄地计划着措辞强硬的更正信，在信上要原原本本地说着事情底经过，要把他们那种卑劣的动机和手段毫不客气地揭穿。他有什么可怕的！他是什么牺牲都准备着了。

从新走到女儿房里，——

“这种事情哭有什么用呢！”只这样劝了一句，就伸出了手，“你把那张报拿给我。”

徐守梅底悲伤已经比刚才稍稍平复了一点；她看看父亲那种气色，倒开始替他耽心起来。拿手帕揩了揩眼泪，轻轻地说，“爸，你不用再看了，看了也只有干生气。”

“你拿给我，我要写信去更正。”

“那上面也没有指出名字的，怎么能写信去！”

他们就是这一种该死的办法呀！你如果认了真，他就说不一定讲你，可以赖得干干净净；果然不一定指你吗？可又是无论谁看到都再明白也没有——这一层徐子修倒是没有想到的。

可是就这样让他们逃避过去吗？不成，不成……

“我不管它，不管它，”徐子修咬着嘴唇，急迫地呼着气，还这样咬定了说，“你拿报纸给我啊！”

十 八

徐子修一股劲写完了那封更正信，连自己也没有从新看一遍，就封好口，贴上挂号底邮费，拿来交给女儿，不由她分说地逼着她马上去投寄；女儿倒一时间觉得为难起来，她拿信封正面反面翻看了一下，嗫嚅地说：

“爸，你里面说些什么话？”

“你别管它；你去寄掉就是了。”

“恐怕倒底不妥当。”

“好，那我自己去寄吧，你拿来给我。”

“又不是我不肯跑，”守梅轻轻说，“我不过想，什么事情今天都要决定了，等振民那边有了消息，大家商量一下再寄，迟几个钟头发出总不要紧……”

父亲没有答，他看了看堂前的钟，已经快四点，——

“再迟今天还寄得出！”

“现在就太迟了，不知赶不赶得上；其实等到明天也不要紧，报纸反正还是三天以前的。”

把信写完，就像一口闷气已经发泄不少，再经守梅这样说，心里倒底也觉得不是完全没一点儿理由。“好好好，那随你，”却还是那么没有好声气地说，算是让步了，“你要看只管拆开来看吧！”

渐渐，那一种剧烈的悲愤是开始被等待樊振民底焦急所替代；怎么今天这紧要关头他倒这样迟迟地不来呢！他时时看着钟，疑惑着那事情不知究竟会怎么解决。本来，几次三番的校长问题他向来就不给放在自己底本分所需要注意的范围之内的，他不问，也从来不大有人跟他谈起，这一回，他却再也想不到地竟变得这样关切了；本来他对这些事情从没有意见，这一回他却那么坚决地不愿意让对方揽成了。偶尔想起，他就咬牙切齿地在心里骂：“该死，该死！”完全是个人底怨毒吗？可是这世界总还得应该有是非，有正义；他不愿意承认这完全是为着自己，世界是根本不能容许有这种恶势力底存在的，——

“可是为什么还不来呢？”

直到上了灯，已经开出了晚饭，正以为今天是等不到了，却刚巧门铃响；徐守梅放下筷子去开门，跟着一起进来的却果然是樊振民。

“爸等得你很心焦呢，”她声音到此刻还带点不自然。

“本来早就要来，却无论如何走不脱身。”

“吃了饭没有。”

“饭是没有吃，不过现在倒吃不下；我停一会再看。”

态度像有几分严重，徐子修是一下子就可以看出来；他也停下筷子，性急地问：“事情决定没有？”

“想不到的，想不到的……”

“怎么？”

“不过现在您吃饭吧，吃了饭我可以详详细细说。”

“我也有事情告诉你。”

经这样开了头，这一餐晚饭当然又吃不停当了；不但徐子修，就连守梅也是气胀的肚子，没法子好好地下咽。菜几乎就没有动，两个人只吞了一些饭就潦潦草草叫把碗筷收拾了去。樊振民把这情形看在眼里，心里暗暗诧异着：难道他们已经先得到什么消息，还是又生了什么旁的枝节呢？

徐子修看女儿先吃完饭，就叫拿那分报纸跟那封信出来给樊振民看，自己却不声不响地走进书房里，开了灯，缓缓地卷起一枝烟，抽着，又熄了灯，仍然走出来。

“还有这样的事吗！”

约略地看过报纸底记载和徐子修底信，樊振民只觉得一下子事情是愈来愈纷杂了。他把信放下，沉默了好一会，才对徐子修看了看说：“这信也有问题，不过我们慢慢谈，我要说的事情还多得很，而且各方面都有连带关系的。”

“那先说你底吧。”

“事情真想不到，校董会已经通过了陈平初，明天就可以正式发表。”

“怎么，他们竟……”

“谁也想不到会给他们活动成功的！”

“……”

几天来纵然也偶尔担忧着这一类的消息，可是到正正式式听到这句话的时候，他却也像受到意外的打击般一下子竟不知该怎么想才对。他只用劲地抽了几口烟，嘴唇说话似地翕动，却听不出声音来；好久，才叫人听到地说：

“你那几天不是说得毫不成问题底样子？”

樊振民到这时候自然也些微感觉到，自己多少受着过分乐观的吕次青底影响了，可是他还不愿意全部地承认。“我们那想得到他们那种下流的手段！”他一半报告事实，一半替自己辩解地答；“他们是上上下下都有勾结，还用取消立案，解散校董会这些话来恐吓，才活逼四六地做成功。”

“那简直是强抢了。”

“他们本来就是强抢！说法定人数吧，今天也不过到了十一二个人，有几位上次到的，能够主持一点正义的，这一回竟弄得不敢出席，只好无形放弃。所以两次同样的校董会竟像完全换了一帮人底样子。”

“这事情我们从头就搅错，”徐子修没主意地搓着手，走来走去地说。

“我们就是错在说进不进，说退不退。”

“可是我本来就不要啊。”

“为要抵制人家，不要也得要，不想活动也得活动呢！——我们是等人送上手来，他们是抢，这结果其实也是势所必然的，并不能说怎么意外。”

暂时沉默着。

徐子修从鼻孔里重重地喷着气，过去在椅子上坐下了。单想自己方面呢，他本来并不希望成功，自然也说不到失败；可是，可是他能让这班人轻易拿去吗？自己就甘心消极地一走了之吗？这班人！这班人！可是他能用什么方法来对付这班人呢？……

父亲那种神色徐守梅清楚地看在眼里，怕他又会支持不下去，却又无从劝解，只轻轻对樊振民说：

“既然事情已经决定，那就只好算了。”

“你算得这样容易，你忘记报纸上造你谣言的是谁!”

徐子修就这样抢白。

“就算呢，我想没怎么容易，”樊振民也这样说：“事情当然还有后文。”

“你说还可能挽回吗?”

“我们自然也不是没法子对付的，就是……”

“什么办法?你说呢。”

“我就怕您也许不大赞成。”

“现在只要你有法子我都不反对，你说呢。”

“我是想联络全体教职员，联络学生，正正式式派代表到校董会请愿去，要他们收回成命。”

“恐怕不容易办到吧。”

“事实上也不难，”樊振民看徐子修并没有绝口否定，他就缓缓说下去，“学生方面是有了准备了；他们现在就已经在那儿开会，推代表，明天准可以发动。到是教职员方面，可还需要先谈一谈，大家都主张明天也得召集一次会议，看情形再说。”

“不过要是请愿他们不接受呢?”

“那就来它一个全体的罢课罢教，大家坚持下去，反正把风潮闹大了再说。——教员他们是有地方拉的，学生总没地方找，而且现在学生态度比我们坚决多呢。”

“照这样说，其实只要学生罢课就够了，教职员要上课也无从上起。”

“不过总还是团在一起的好，声势也大一点。”

“……”

徐子修一时间又变得沉思起来；他没想到樊振民还有这样泼辣的手段呢，居然可以揽到学生全体罢课！不过要是真一罢课，要是风潮真闹得扩大了，“不过我想，”他好久才说，“这样学校底基础也许会动摇，竟弄到解散都说不定……”

“这原是破釜沉舟底办法呀，”樊振民却那么激昂地声辩，“您只要想，学校如果掉在他们手里，还有什么好结果的，倒不如开了门痛快。”

“……”

“其实他们办学校，会不会不是误人子弟呢！”

“好，好，”徐子修烦乱地说，“那就什么都随你吧，我实在也没有主意。”

这样说着，停一会，又站起来到里间去拿烟抽；他像一下子感到精力不济，需要着加重的刺激了。守梅看到父亲这样就越发担心，正想到樊振民跟前关照他少说说几句话，却转眼间就看见他已经回出来，一边把烟丝放在手掌心搓着，——

“不过有一层你得注意，”一出来就又这样说，“事情就算能挽回，我可无论如何不干的，免得人说我们自己有野心，所以要捣乱人家。”

“这个我也明白；反正现在我们单是反对某一个人，并没有推戴某一个人，以后的事当然还由校董会去决定。”

“这样就好。——你还有什么话没有？”

“爸恐怕精神不大好，”徐守梅再也忍不住地插嘴。

樊振民对徐子修看了一眼；他能不来麻烦自然是不来麻烦他的，可是目前这重大的事情能根本不提吗！他站起来。

“就还有一句话，明天那个教职员底会您打算——？”

“在什么地方呢？”

“打算借汪德邻家里。”

“为什么要搅到那儿去？”皱了皱眉头。

“是吕次青提出的，大家觉得学校里到底不方便。”

守梅又对两人看一眼说，“我看爸这几天还是不要出去吧。”

“您去不去倒不一定要紧，万一有什么事，我能不能代表您呢？”

“好，还是你代表了拉倒。”只觉得头脑又开始昏乱起来，徐子修简直什么事都不能再想下去了；他只挥着手烦躁地继续说，“以后有些事你也不必来跟我商量，你放手做去就是，做错做对我都不怪你。”

“那我也不多坐了，我连饭都完没有吃。”

“就在这儿炒点冷饭吧，”徐守梅这样说。

“不，我随便那儿可以吃的。”

正要走，倒是徐子修偏偏又想出事来，又把他暂留住了。

“不错，还有我那封信呢？”

“那封信，”樊振民也到这时候才记起来，他想了一想，“我就是觉得措辞太，太杀辣一点，完全没有留后步。”

“事情到这样子还留什么后步！”

樊振民知道对方又把自己底话误解了；他说太杀辣，那是意味着信里面所说的绝对不愿意来负校务底全责那一类话的。可是他觉得要仔细辨明也太麻烦，而且经徐子修刚才声明过，情形多少也不同；他停了一会只好这样含糊地答：

“既然您觉得这样对，就这样寄出也不碍事。”

十 九

在一家小铺子里胡乱吃些点心当夜饭，还出发去跑了一些地方，找几位同事谈了一些话，等回到寓所来，打进门，看看床头那个钟，已经快十一点了。到这时候，樊振民仿佛才开始敏锐地感到这一天忙乱底疲劳；他伸着腰板，轻轻捶着腿，就马上脱衣服上床去，一边熄了灯。明天事情还多呢，早一点睡熟吧。

这连续的七八小时之内，他不单身体没得到片刻的休息，就连脑筋底活动也都没有一分钟以上的停顿。跟多方面的接洽，许多事情都需要在不容考虑的瞬间之中决定，一决定就再没有蹉商底余地，马上干了。这许多决定能不能完全没有问题呢？自己说的这许多的话，对学生，对同事，特别是对徐子修，究竟是不是能真真实实地负责呢？现在，在床上，稍稍宁静下来，却在一种过度兴奋底反照之下，他竟越想早些睡熟就越是转辗不能成寐。那些生吞活剥的问题仿佛都需要叫他到这时候来慢慢消化；他想起吕次青怎样从过分的乐观一下子就变得惊惶失措，没一点办法；想起少数同事底虚与委蛇：想起徐子修那种徒然自苦的愤慨。只是学生方面或者比较有些把握了，他们有的是热情，有的是团结和力量；不过，这种团结如果再意想不到地中途给破坏，那可不是整个儿的事情都瓦解了吗？照这样，事情干是干，前途还根本不可逆料呢。想起这些情形只觉得心绪更纷乱起来；越是兴奋就越是急燥，他老是耐不住地自己心里嚷：

“睡吧，睡吧，多想它也是没有用的！”

他还开了灯，把那架闹钟准备到明天七点钟的时候叫它闹，免得起不了身。……

等闹钟响，他果然醒了，不过只暂时的。朦胧中他计算一下昨天夜里睡熟的时间，大概总共不过四五小时吧，眼皮上还像牵着一根线，张不开，头脑只是昏昏然；只一转身连自己都做不了主地又睡熟过去。这一回可再没有闹钟来叫醒，直到他在半梦不睡的状态中自己惊觉，摸过钟来看，可已经十点多，——

“该死，该死，怎么可以这样耽误的！”

这才自己埋怨着，唯恐不及地起了床，一边捻着眼睛，胡乱洗了脸，漱了口，连早饭也不预备吃，就走出家门催了一辆洋车赶上学校去。

离开还算不到一昼夜，走上那条惯常的长廊的时候，他竟马上就得到一种已经换了一个时代似的印象：揭示牌上已经不知在什么时候贴上了新校长署名的煌煌布告了。他惊了一下，走近去；布告已经排到第二号，一张是声明就职的，一张是召集全体学生在星期一早晨开训话会。能有这样快的事情吗？难道已经接手了吗？那两大张的布告可确确实实在空无所有的揭示牌当中牢牢地黏着，旁的许多昨天还见到的标贴和通告却已经洗刷得干干净净，一点儿痕迹也不剩；只是，就连那新贴上的，也都有一张在下面给谁顺手撕掉好大一只角，只没有撕到有字的地方。从揭示牌转回身，四周围却还是极平常的星期日底冷清，想找一个可以说话的人问一问情形都找不到。

走了几步，猛然想起，昨天在匆忙中自己又错了一着棋子：办公室有些东西是应该先拿掉的；除了学校底簿册之外抽屉里还放着不少自己底私件，不知会不会给人翻动过。这样想，他就先在身边一摸，钥匙倒并没有忘记带；随即来到办公门室口，拿出了钥匙。

谁想到刚要拿钥匙配上去，就发现连锁都不是昨天自己亲手锁上的那一个了！

“怎么？——”

他把锁仔细查看了一会，气愤地放开，就到附近几个房间看了看，都没有人，而且也都一致地上了锁。稍稍踌躇。停下来叫陈三，也是叫来叫去都没人应；好容易找到了那个打钟的茶房，逼着他去找。那家伙也满心不情愿似地懒洋洋走开去。又等上好半天，才看陈三一步慢一步地走到他身边，昂一昂头，大模大样地问：

“什么事啊?”

“你把我这个门开了，拿东西。”

“这门不能开的。”

“怎么不能开?”

“刚才陈先生跟尤先生都来过了，他们叫不准动，要动就得先请过示。”

“钥匙总在你这儿?”樊振民有点气愤地追问。

“我，我不能……”

“既然钥匙在你身边，你就开好了，就说我叫开的，什么事都叫他们来问我，你不用管。”

“他们交待不能开就不能开，”只没有理由地固执着。

“我自己底东西总得拿，难道可以没收不成!”

“你对我说没有用的，”陈三更变成那种叫人难受的口气，“你自己去对尤先生陈先生说好了，有他们关照我就开。”

樊振民狠毒地对他望了一眼；只一昼夜，他底脸嘴都不是先前那副脸嘴了。一个人一失去地位，就连这些小人都可以随意欺弄吗？那家伙简直忘记了是谁替他荐进来的。简直想破口骂几句，到底勉强忍下；旁的事不干，跟先跟一个小小的校役斗口，那究竟也不成话。他只看住他，又问：

“你是不是一定不能开?”

“我不能做主。”

“好，你不开我自己来好了。”

说着，樊振民就走到门边一手把那小小的锁抓住，使劲扭了几下；连自己也想不到会有这种气力，不一会竟连锁瓣都扭了下来，就拿它往外边草地里一丢，一边骂着“该死”，就顾自己走进门去。

一时间也看不清究竟少了东西没有，移动了地位没有，他只拿那些纸张和簿册胡乱叠在一起，匆忙间连找一张报纸都找不到，就在腋下这么一夹，走出来。

陈三惶然然看着，可是估量要阻拦也不是樊振民那条粗大的胳膊底对手，只好在旁边有气没力地说：

“你怎么能全拿走呢!”

根本就没有去理睬他，也不去管他是不是从新找到那把锁，再锁上，樊振民只顾自己走开。经这样干脆痛快地对付，也算稍平了气，想起到校里来底目的是找吕次青，这才来到教员宿舍，在他房门上敲。

推进门去，看到吕次青正打开了向来搁在床下面的箱子，书籍和衣服堆满了一床，直堆到地板上都是的。

“吕先生，你怎么?”

“准备卷铺盖呢，还有什么!”带笑地这样答。

樊振民站在那里看了一下；简直各方面都是大势已

去底空气了。暂时也没有说什么，只先在乱纸堆里找到了一张旧报纸，拿自己那一叠东西先动手包着。吕次青也停下来，把箱子依旧推进到原地方，稍稍在凳子上和床上整出了一些地位，自己先坐，——

“你包些什么东西呀？”

“不要说起了，”樊振民还带一点愤怒的声调答，“说起来真气死人；只算是抢回来的。”

“怎么抢回来？”

“陈三那该死的家伙死也不肯开门，我自己扭断了锁，拿了就走。”

“怎么？”

“连我那门房上的锁都换了，我不管，就拿来扭掉。”

“啊，也算亏你有这个气力！”

“这且不管它，事情究竟怎么样？”

“你知道他们已经来过？”

“我正想问你，究竟怎么个情形呢？”

“情形吗？我自己也不大清楚，”吕次青像不怎么上劲地说着。“据说有两个汽车，跟来了不少莫名其妙的人，说不定内中还有几个保镖的呢！”

“那真也太大惊小怪了。他们来了怎么样？”

“也并不怎么样，不过几个办公室跑一跑，今天又是礼拜，本来就一个人也没有。”

“学生方面呢?”

“他们所谓请愿代表团，那是一清早就出发了；恐怕是每班三个人，总共也有二十多个底样子。不过这事情据我看——”说到这里微微显出迟疑，只又加多一个“据我看”，就没有后文。

“你说他们没有用处?”

“倒不定是这样的意思，我不过想，既然搅坏了就拉倒，难道怕没有旁的地方好去!”

“……”

樊振民不答；听口气显然就跟昨天下午又不同了。旁人打退堂鼓且不答，他自己也算是一个主动的人呢！禁不起这第一个打击就缩住头，以后还能干得了什么事呢！正沉思着，吕次青看他不开口，又接下去，——

“还有一点消息也可以告诉你?张敬斋已经接到了教务主任底聘书，你知道不知道?”

“谁发的聘书?”

“自然是新校长发的，还有谁?”

“有这样的事情哪!”樊振民还像不敢十分相信底样子，“那他自己抱怎么个态度?”

“他目的达到了还有什么态度!”

吕次青笑着说，又停住，让樊振民在这消息所带给他的惊异中慢慢地沉思。简直是受了骗似的感觉；纵然向来就不信任张敬斋，可想不到竟会是这样的！“照此说来，”他终于带点愤慨似的调子，慢吞吞地说，“我们失败也应该了，我们又不会先拿什么教务处，事务处之类的收买人，……”

“不过我是早提醒你的，你们不听；这一点错误跟事情底成败也多少有点关系。”

“有什么关系？”茫然问。

“只要有人一翻手，你想，这边的力量就移到那边去。”

“话固然是不错，”樊振民扭曲着嘴唇，半嘲讽地说，“不过早知道是这样反覆无常的人，我们也从头就不会跟他合作的。我们认错了人；可是我要对他说，他自己也认错了人呢，他是完全拿小人之心来度君子之腹。”

“他有什么吃亏；不是这样来一下，恐怕还到不了手。”

“嘿！”苦笑了一声，也没有话，就从那张乱糟糟的书台边站起来，自己过去从热水壶里倒了些开水喝，润一下喉咙然后又转过身，“照这样说，我们下半天那个谈话会也就可以不用开了？”

“已经发动了，就大家碰一次头也不要紧。”

“反正大家都变了态度，还谈什么——瞧，就连说得好好的，都会翻悔。”

“不过还有一句话我得要声明，”吕次青慢慢也发现那口气不但意味着张敬斋，而且开始意味到自己了，他赶忙辩白，“你可不要误会我也是他那一流的人，我是没有受到什么聘书的。”

“说不定他们也会想法子来联络，”樊振民笑着。

“笑话，笑话了，我才不会这样干呢！”他用力地答，口水直爆到对方脸上去，还用袖口在鼻孔边抹了一下，“老实对你说吧，我是早就留好退步，明光里有个位置在等着我，待遇还比这里好一点：十四点钟，兼一班级任，一百四。你以为我对这儿还有留恋吗？那边，正正式式的信都有了，你不信我可以给你看，”说着，却真去抽开了抽斗，在里面乱糟糟地开始找寻。

“算了，算了，谁会不相信你——不过我说，你这样就更可以痛痛快快干一下。”

“话是这么说，可又何必呢？”

“难道就这样算了不成，气也不争一口！”

“其实你也放手拉倒；下半年我替你活动一下，也给弄进明光去，几个自己人仍旧在一块，多好！这边的事情也尽可以知难而退了。……”

樊振民不响，只把头轻轻摇着。那个人想来想去都还以为自己是要巴住这个位置。为什么人底心里会有这么大的区别呢！为什么有些人竟会永远不懂得人生在个人生存底斗争之外，可能还有一种更严肃的斗争呢！想解释，解释也实在太困难了。他只耐住性子，从新坐下来，——

“真没办法，那自然是拉倒，”用感叹的口气说，“不过现在这情形也许还有点办法。事情已经开了头，也只好，只好……”

“你既这样说，我总在可能范围内响应你就是了。”

“旁的也不希望，只希望大家消极地不上课。”

“我个人是办得到，我今天就走都可以，至于旁人，那就那就……”

也不想再说，樊振民就空洞洞坐了一会，又喝了一些茶，心里却想起了不知学生出发请愿底结果又怎么样。其实也只要学生方面能全体罢下课来，那就无论教员方面抱什么态度，都可以置之不问。他把自己那包文件拿到手里，准备走，一边只懒散地问：

“那么下半天那个会总得去吧？”

“我想不去总太不成话。”

“不过照这情形，恐怕也不会有什么人来了，”冷笑着说，一边就站起身。

二 十

下午，樊振民打破了他那一种每次集会都准时刻出席底惯例；约定的时间是两点钟，他却过意捱过了两点半才自个儿懒洋洋地走出寓所去。汪德邻底住宅他也曾经顺便过到三两次，虽然跟学校也有好一些距离，却是在上市场去所必经的交通要道上，加以心不急，像要不了多少时间就来到了。仿佛还嫌太早似的，他故意那么慢吞吞地走进弄堂。

一走进门，却意想不到地发现那堂前已经聚集了许多人，叫他来不及招呼；稍稍睔看着，就连预料一定不到的张敬斋都偏偏已经带领了他那些人来到，在临时布置起来的会议桌底上端壁垒森严地做一排坐着。

“怎么到这时候才来，”汪德邻迎到他身边，说，“大家都等你一个人。”

“对不起，刚有点事情，”随意敷衍地答。

“徐先生能来吧？”

“他身体还不怎么复原，恐怕不能来，叫我代表了。”

说着，就找了侧边的一个座位坐下来，再向屋子里看。那临时的会议桌上还由临时的主人备着四大盆茶点呢！却除了张敬斋底那一行人之外，谁都是散漫地坐在边上，抽烟，喝茶，看报。正奇怪着怎么找不到吕次青，吕次青却正从里边走出来，双手捧住了长衫下面的裤腰。

“怎么，你也才来吗？”

“那儿，我是第一个到；茶喝多了，小便去。”

谁都坐着，只有汪德邻是走来走去；坐着，却暂时谁都没有话。樊振民等了一阵，——

“怎么，大家谈起了没有呢？”向四边看一看说。

“谈是谈起了，”见没人答话，汪德邻只好自告奋勇地来报告，“就是还不具体；大家都觉得，觉得要，要抵制，最好的办法自然是，自然是不上课。就不过，就……”

越是想把这一番报告作得有系统，就越是说不上来；正为难，吕次青却扯了扯他底衣裳：

“你别这样梭子似地走来走去，我眼睛都给你弄花了！”

汪德邻茫然地坐下来，像还要接下去说，却叫人等了好半天都到底没有下文。

“是不是该抱什么态度底原则决不定？——”樊振民替代着说了下去。“那很容易，只要大家明白表示一下，是反对呢是拥护。能大家一致，一起干；不一致，自己干自己底，不就解决了吗？”

抬起眼光，刚看见张敬斋也正对他瞟了一下，——

“说拥护呢，固然是谈不到呵，”他每一个字都拖得长长的，开始那么舒缓地说，“不过刚才大家这样想，仿佛这已经是一个既成的局面。就连国际上，外交上，对既成局面，往往总只好默认的。……譬如满州国，它没成立，我们可以反对，现在已经成立了，你反对来，反对去，它还是一个满州国！”说着，自己突然“嘿嘿”地从肺叶里笑了几声，对大家一望，停住。

坐在他身边的一位物理学教师却插进来说，“不过你这比方也不对，满州国外国人承认不承认可随它去，我们中国人总不承认。”

“不承认吗？也不过在写到它的时候加一个——”

张敬斋用手指在空气里画了一个引证记号。

“加一个 quotation mark，”停一会，还怕人不懂地再说明着；“可是说话的时候你就没有办法。”

“那也有办法，还可以加‘所谓’两个字。”

这话把大家都说得笑起来；只有樊振民不笑，他故意像没有听到似地眼睛向空中茫然望着。

“好了好了，我们也别谈这些修辞学底问题了，”张敬斋敛住了笑声说。“我意思是说，恐怕反对也是徒劳，拥护呢，也就不必锦上添花；说到归根结蒂，到底不是我们管得了的事。”

“照这样说，明天就大家照常上课？”

汪德邻却有几分急迫地问。

“上课可又是另一个问题了。其实，学生方面倒底怎么样我们还不知道：他们不上课堂，我们难道对空凳子讲书去；学生上了课，他们要拉个把教员总有办法，我们不去，也不过等于自动毁约。”

说着，仿佛已经把问题解决，或者，认为是无需乎解决似的，张敬斋伸出手去在点心盆子里拣了一块蛋糕，吃着。大家一时间是没有话。好久，却有人叫人吃惊地突然问：

“万一学生一半儿上课，一半儿不上呢？”

吕次青也正不甘落后地从侧边的座位上站起来，拿点心吃；听了这问题，他就用给满嘴的奶油弄含糊了的声音答，“我们也只要一半儿上课，一半儿不上好了，大家随心所欲，再痛快没有。”

“那今天也可以不用多谈了。”

“本来末！”张敬斋像对这问题开始厌倦了似地伸一伸腰，皱一皱眉头。“其实今天是应该谈些别的问题。我在想，我们趁此机会要挟一下倒也好，我们可以借此要求他们把下半年全部的聘书都发出来。现在离放假也不过一个月。”

这话倒使樊振民笑起来，他屈着嘴唇说，“那自然，满州国如果送来国务总理底任命状，我们也不必加什么‘所谓’，加什么引号，马上到溥仪跟前去磕头去了！”

全场都愕然。

张敬斋对樊振民一望，“不过，不过，”稍稍有点不顺口似地从新开始，“情形究竟不一样……”

“这是张先生你自己打的比方。”

“也不过随便说罢了。我不过是想到你们大家底切身问题；为了切身问题而团结，那才有点作用，否则到底为些什么呢？我本人是没有关系的；我这里的钟点本来也早就想……”突然记起要说的这番话，仿佛在什么地方已经跟樊振民说过了，他停住，“我不过为大家，为全体设想一下。”

“我说你也不必客气了，”吕次青也笑了一笑说；“我们这许多人底饭碗问题，现在权是在你呀！”

“那里，那里，吕先生竟是说笑话。”

“倒不是说笑话；刚才经张先生这样说，我倒有一个提议。”吕次青像正式发言似地站了起来，还把皱缩的长衫拉一拉挺。“我提议把今天这个会改成了对张先生的招待会；他就是我们下半年底教务主任，我们应该全体趁这机会跟他打一个招呼，拜托他栽培栽培。”

说完，还对张敬斋拱一拱手，才坐下。

“自然是吃饭问题要紧啰，”樊振民也插嘴。

经这样当面一提破，张敬斋倒底有点不好意思地稍稍红了红脸；可是马上就过去，他还像没有什么事似的，照样从容不迫地说，“事情是有的，我本来也打算瞒人；不过他们如果要把我们原来的人动一动，那我可不答应。我自已也不想干，就是为着大家想，就仿佛不能不干似的……”

吕次青又站起来，——

“大家听着，张教务主任这样说，真是我们底重生父母了；我们应该三呼万岁：拥护张教务主任！”

樊振民对吕次青看，又对张敬斋看，看他到底有点下不去地沉下了脸，不再说话。全场底空气变得更严重；沉默着。想不到还会闹这么一场滑稽戏才散场的。一种出气意味的快感在心里流过；这样也总算不虚此行了。他觉得再没有逗留底必要，正要站起身，借一些随便的借口来先行告退，却听见汪德邻还非常严肃地用他那种格格不达的语调又——

“大家别，别闹成开玩笑似的，这事情到底，到底……”

还有什么“到底”呢！樊振民就站起来，像来的时候一样地说了一声“对不起”，离开座位。

“振民，你怎么?”汪德邻不放松地追问。

“我想先走，还有点小事情。”

“慢慢走吧，总要等这里的话说得有点头绪。”

“不是已经很有头绪了吗?我就赞成吕先生刚才那

个办法，大家自己去打主意，各人随心所欲。”

再不管汪德邻底阻拦，他向大家随便招呼了一下，就自己拿起帽子，走出门去。这样的会议开下去还有什么意思呢！不过干费时间罢了。一个人在衖堂里走不了几步路，却发现吕次青也气急地赶上来，向他远远地喊：

“你慢慢，我们一块儿走吧。”

“你也早退了?”樊振民停下来等，一起走向公共汽车站，等着回去的车。

“吕先生，你今天也真太叫人下不去。”

“他实在把话说得太肉麻了；只有他自己不在乎，人家就没有旁的地方可以吃饭似的。脸厚到这个样子!”

“后来可也觉得受不了，变了脸色。”

“这也是他自取其辱，我不是有心要跟他抬杠。”

“不过这样也痛快。”

抬起头，看到公共汽车刚巧在开过来。

二十一

回到家，正要开进房门去，却看到房东家底娘姨湿着一双刚在洗衣服的手，从里面赶出来说，——

“樊先生，有人来找过你。”

“谁?”

“恐怕是几个学生吧，有条子留着。”

她把一双湿手在衣襟上胡乱揩一揩，伸到怀里去摸了好半天，才摸出一张又皱又湿的纸片来；他接到手里，就在房门口把它在掌心上摊平了看。是那么一张薄薄的中国纸上的铅笔字，字迹又那么潦草，有些地方已经破损了，他简直需要把手掌放到窗口的光下去仔细地认辨。

我们来，先生刚巧出去了。进行相当顺利，无论如何，这几天课是上不成的；不过有许多事情却需要当面报告。今天恐怕没有时间再来，明天上午务必等我们一下。

生陈建功留字即日

可不是，他也早就想到他们一定会来，倒给这场毫无结果的会议耽误了正事呢！他一边开进房门去，一边开始追悔昨天怎么会忘记关照他们来得迟一点，倒要他这样疑疑惑惑地等一夜。事情究竟搅得怎么样，他是那么焦急地想知道；现在，所有的希望都该集中在这一方面了。可是，“相当顺利，无论如何明天课总上不成，”这多少也算告诉了他一些情形；他像也可以稍稍借此支吾开了一些整天的经过所带给他的闷气，前几天那样的兴奋像也稍稍回来。

“干哪，管什么成功失败，反正总是一个走！”

坐着，又拿起那张纸片看了一下，却发现除了刚才看到的之外，下边还有一行小小的字：

“又，先生这几天进出最好稍稍谨慎一点，附告。”

这又是什么意思呢！再仔细把那条子前后翻看，可不会再看漏什么话了。他还注意到，这一行小小的附告可又跟前面那条子显然是另一个笔迹。不知是谁细心一点，给加上的吧？不过这算是什么意思呢！难道先前收到的恐吓信里的话，他们已经得到消息，竟有实行底可能吗？难道还有旁的什么手段对付吗？无论如何，这总是自己人底通知，不会是对方底恐吓。那他们究竟得到些什么风闻呢？……

笑话，真笑话！他终于不相信似地自己嚷着。这些纠纷如果竟会用手枪来解决，那倒也是开纪录的事了；没有的，决不会有的！而且，要谨慎可又怎么一个谨慎法？难道把自己在屋子关起来，不出门？笑话！要这样胆小还不如趁早不干。

而且他接到恐吓信已经一个星期了，要出事情还等得到今天！……不错，自己在一个星期以前就收到这些东西，这事情明天倒应该跟他们说一说的，免得他们无形中受了这威胁底影响，挫折了向前干去底勇气，……他还要对他们说，教职员方面虽然未必能整个儿地一致行动，可也至少总有半数光景能跟他们态度一致的。（今天那个谈话会底情形可不能太详细地告诉他们，何必自己显露自己底弱点呢！）……同时倒底也不可能一个个都拿聘书来收买的，他们好容易才抢了一个学校去，难道不想安插自己人？……说不定还可能发生一点作用呢，只要那一方面进行得有眉目……何况对方用的还是恐吓手段，这就正显得直到现在都还没有多大把握……

想着，想着，像又变得对前途乐观了。还只有四点钟，他耐不住在自己那空洞洞的屋子里一个人耽下去；一切有规律的工作都已经停顿，忙乱了这几天，此刻倒偏是想不出事情来干。随后他又站起身离开了那住处。

到街路口，究竟不免无意识地向四周看一看，像留意着，别真有人会从那一带房屋尽头处的旷地里窜跳出来向他袭击；可是自己刚意识到，他马上——

“荒唐的思想啊，这是再也不会有的事!”

这样解释似地对自己说，一边就大模大样走过去。

在那一条灰沙的马路上走着，来往的行人纵然在星期日都还并不稠密；偶然一些半生不熟的面孔在洋车上拖过，在路旁走过，也完全是平常一样的表情，看不出一丝一毫特殊的神态。抬起头，还是那个旧时的太阳高挂在西边那一带紫气蓊郁的树梢上，映出了一天苍茫的景色。

在这条空旷的道路上悠闲地散一阵步，倒也着实可爱呢。他那一种纷烦的心绪像突然间平静下来。想起在这一个地方来来去去，前后并在一起算，也已经有五年以上的时间了；他却像直到现在都还没有厌倦了这种刻板的景色：那同样的树，同样的菜畦间的小路，同样的几家破屋茅舍，同样的灰沙，同样的太阳。不但没厌倦，简直像比平常还亲切的样子啊。是无意中从灵魂里泄漏出来的一些留恋吗?他吃惊着自己竟会把思想在忙乱中转到从来不去想起的这一些方面去。留恋一些地方吗?留恋一些景色吗?他?他简直不愿意承认这能算是思想；他简直以为这是一种预兆，是他所计划着的，打算着的一切都将归于乌有，而自己也终于就要离开这里底一种预兆啊!

如果明知道这一切都是劳而无功，真何必干呢……

本来只是无目的地走，却不期然来到徐子修底家门口；他猛然也挂念起那位老师底健康，而且，如果他精神状态没有什么变动，有些事情也该对他报告一下的。他稍稍踌躇着，终于敲进门去。

“是不是，我说你总会来的，”徐守梅开着门这样说。

“怎么？”茫然应着。

“爸不知怎么，这几天成天挂住你。刚才还一定要我到你那边去找，我说不会在家的，没事，一定到这儿来了。”

“……”这又是什么原故呢？他有什么不放心呢？

“你那边我实在也不想来，人家说的多难听！”

在她身上像可以发现了一种无可奈何的淡漠底神情。樊振民对她看；他自己今天也不知怎么会变成这一种容易受感触的心情。他想起那小报上的谣言，自己是一看过就忘记，像塞在许多纷杂的思想里，再也没有机会把它翻寻出来，可是对她，该是怎样重大的一个打击呀！经过一昼夜，这刺激仿佛还是一个无从消化的郁结，横亘在心里，显出在脸上。自己可始终没有找到机会对她说一句宽慰底话呢。

正这样抱歉似地对她看，正要开口，徐子修已经在里面听到他们底谈话声，从书房走出来。樊振民只好把要说的话停住，走进到堂前。

“怎么这时候才来，那个谈话会开了这么久吗？”

“会是早散了，我还家去转了一下。”发现老师底步态和语声虽然还稳定的，可是脸色却仍是那一种带病容的苍白，而且像比前几天更加重了。“今天您怎么样？”他低声问。

“今天，——也还好。”

“那个药片还有没有？该继续吃呢。”

“还可以吃三天，”说着，就在堂前的椅子上坐下。

徐守梅不像平常似地听他问起父亲底健康，总要自己抢着来答覆；今天，她只在堂前稍稍逗留一阵，就低着头，一声不响地转到了自己房里去。樊振民目送着她，心里只觉得茫茫然；看她进去，自己也茫然拣一张椅子坐下来。

“我说你也不用这样关心我身体的，这点毛病没什么要紧。”

这话把樊振民从茫然中叫回来，拿脸移向徐子修。

“我怕您这几天太受刺激。”

隔了好一会才想起来这样说着。

“你说刺激吗？”他并没有注意到对方那种并不专心在谈话底神情，只顾郑重地说下去，“其实自己先准备着倒也没有什么了，就怕是意想不到的。我近来自己也不知怎么。如果突然发生一件事情，用一点心思，就马上会，仿佛头脑就昏乱起来似的，要自己想上好半天，才慢慢轻松。恐怕，唔，恐怕真老了吧。”

“你就是把什么事情都看得太认真。”

“这种事情都能看得不认真吗？就是自己这个精

力……”

“其实也不过是碰巧，您平常就不是这个样子。”

徐子修也像不相信，也像不懂这话底意思似地对他一看，却并没有追问，停了好一会才，“我们且不谈这些话，我问你，事情今天可有什么变化没有?”

他究竟还是挂念着学校里的事啊！“照现在这样子，当然也只好做去再说；不过学生方面态度倒是很坚决的——”樊振民把一天底经过排一排先后，准备好报告底次序；开始先把自己所知道的上午出发去请愿，下午又怎样接到那个条子这些事缓缓说着，可是那叫他进出谨慎一点底话，他却抹煞了没有提。“反正课是不会上得成了，”他像学生给他的报告同样地结束。

“那就好，那就好，我们也好看他们怎么收场!”徐子修微微点着头说。“不过我昨天就在想，同事方面恐怕就不容易这样坚决；你就想，像这样的一班人，平时互相也没联络。”

他底预料竟像已经预先知道了似地一点也没有错呢！这样说，张敬斋底故事也不会使他太吃惊了。本来还打算用旁敲侧击的办法来告诉他，现在却似乎无需。樊振民接着，就又把教职员谈话会底经过不等他直接问起就无所隐瞒地说。说了张敬斋，同时还说了吕次青底态度。可是在预料经事实来证明确定了的时候，徐子修却到底还不免像听到一件没料到的事情一样地激动——

"张敬斋，你不是说他也跟我们一致态度的？"

"谁想到他会这样卑鄙法！"

沉默了一会。

"不过次青既然那样，怎么也会消极？"

樊振民笑了一笑，"我看他不过因为张敬斋说话口气太大，没把他自己放在眼中，才会跟他抬杠。"

"次青为人多少还有点书生气，我倒说。"

"跟张敬斋然是不能比了。不过，不过他其实也是饭碗主义。看了眼前这副情势，这个也变卦，那个也退缩，他自己自然不会坚持到底。他不但自己不打算坚持，还劝我呢。"

"他怎么劝你？"

"他是劝我知难而退。"

刚说了这话，却不想徐子修突然用那一种几乎是责难似的眼光向自己逼视着。这话里面露出了什么会叫对方不高兴的意味吗？也许是泄漏了自己那种潜伏着的动摇心理吗？他突然提了心，他觉得不但自己说的话，就连口气都需要谨慎了。不过徐子修他究竟由于那一种意味要这样向他逼视呢？这眼光，他从那里发现的已经不再是衰老，不再是疲惫，只是充分显示了那天生的固执，叫人凛然的严肃，石头一样没理性的顽强。……

"那你，你自己究竟什么意思呢？"

"……"

樊振民一下子竟答不上来。

“事情难办，我自然也想到的，”徐子修像是很费力地说；“不过既然开了头，那就明知道做错也得做到底。他们要屈伏的尽管屈伏，要走的尽管走吧，就弄到剩下自己一个人，我都还要硬挺下去；何况照你说，目前情形也不是完全没有办法，是不是?”

“办法自然还可以有。”

“振民，那你就无论如何不能放手的，有路总还得走，等走到绝路再说呀!”

脸上闪着奋激底光，口气简直带胁迫似的意味。在这种坚决的态度底对比下，樊振民开始发觉了自己底薄弱；平常相信着生活是斗争，相信着到应该斗争的时候而不斗争是一种懦怯，可是这同样的几句话到现在这情势，他也许还能硬着嘴对吕次青说，对学生们说，却到底没这样的坚决来对自己说了。“等走到绝路再说呀!”现在总还不能算是到了绝路呢，也许还正在斗争底局势刚展开的时际呢，想不到自己倒先软下来，倒要当初生怕他不愿意卷入漩涡的人来把自己这样严厉地督促着，激励着。一种潜匿的抱愧心理使他悄悄变得从新坚定，——

“好，”他终于坚定地说，“既然您这样态度，我们当然要放手干下去，至少也不让他们这样容易就拿走的。”

二十二

徐子修自己也不懂得究竟给怎样一种茫然的意志所控制着，直到樊振民已经有了明白而坚决的表示，走转背，他还是像不放心似地一个人在薄暮的院子里踱来踱去，把眼前许多事情又一遍一遍反覆地想。他至今还在诧异着为什么那精神饱满的，就在前一天还那么愤慨激昂的年轻人，也会无意中泄漏了退怯底意味，而自己，空有着这咬牙切齿的决心，却偏是这样没一点办法，没一点力量，同时也没这一分精神来对付呢！旁的不提，就连想知道一点事情底经过情形，也除了樊振民来报告之外，再不会有第二个人来跟他通一点消息了。他怎样会造成这一种孤立底形势啊？闲常跟谁都没有来往，没有接触，永远是那么傲慢地自安于一种叫人敬而远之的孤僻。以致到今天，就除了樊振民一个人之外没有其它的力量，离了他没有其它的办法了。可是他却偏要干，偏要凭着那一股无从用起的蛮劲干。

是那里来的这决心，那里来的这意志，他也从来没有去尝试过替自己找一个解释；他只反覆地自言自语着：

“能让他们拿去吗，这样的人，这样的人！”

而这就算是唯一的要跟他们那班人对敌底理由了。

在院子里走，又在廊檐下的塌上躺，他毫无原故地自己从不安变得燥怒。他想起吕次青，想起张敬斋，想起尤丹初那一些人底脸嘴；不但那脸嘴，就连尤丹初惯常的那套学生装他都似乎一记得就憎厌。他们会造谣言，会写恐吓信，可是这样一个学校却偏偏会掉在这样的人手里，说不定竟还没有法子挽回，……

思想杂乱地在那事情底许多方面兜来兜去，直到女儿看天色黑下来，从自己卧房里出来把他叫进去。

“爸，你又想什么心思了，那药片今天还没吃。”

“你竟是记得吃药吃药！”

纵然埋怨着，他到底把丸药又服了一片。

现在，就连等樊振民底消息，他都仿佛比先前更急迫了。本来约定明后天一定再来的，他却已经心焦地提前等了他大半夜。早晨，还在惯常的时间起身，走到墙上的日历边，照着十多年底旧例，用一种出乎本能似的动作，把它揭掉一页。是星期一。他像忽然又受到特殊的感触，又叫昨天那种烦乱的心境延续下去。是生平第一个既不放假，又不害病，可是自己倒并不上学校去的星期一呀！难道前个星期底最后一课，在他底一生中也是最后的一课了吗？违拗了这么悠久的习惯，要他在星期一底上午在家里空空地候着，也真是一件够叫人难受的事呢！

可是学校里真停下课来吗？

他们召集的那个训话会又怎么样？有人参加吗？也有一部分学生会拒绝参加吗？

差不多想要自己出发去看一次情形；一切由樊振民口传的消息，没经亲眼看见，仿佛始终还有一种不怎么真切似的感觉。这风波酝酿至今只不过半个月，加以自己整整一个星期没出门，难道外面竟可能有这样大的变化吗？虽然没有真个拔起脚来走，他却的确已经几次地对女儿噜苏着：

“不知究竟怎么样啊，最好现在去看看。”

“怎么这样急，下半天他总会来的，”守梅却竭力阻制他：“你去也没有用处，说不定倒会多闹一点事情呢。”

这一点他自己何尝不明白！他这时候跑去是一点意义也没有的。他只是要这样一刻不停地噜苏；噜苏着，仿佛才能把叫人焦急的时间勉强捱过去。

捱到吃中饭，捱到下午，就“怎么还不来呀，还不来呀！”再这样嚷。

像这样直嚷到三点钟。

五点钟。

“爸，他每天总是要到夜饭边才来的。”

徐守梅窥测了父亲底意思，说不定又要她上振民家里去找；今天她却无论如何不愿意再去的，就趁先这样说。

可是她也慢慢对天色和时钟特别注意起来。钟点一刻一刻地过去，天色一点一点地黑；晚饭边会来吗？她却等到了吃晚饭，还没有等到门铃响。父亲呢，在明知道不会来的时候是不住口地嚷，现在，真该焦急了，他可开始变得沉默。他一声不响吃了饭，坐了一阵，直到无可再等的时候，准备回卧房去，才——

“我知道他是不会来的！”突然间这样说着。

“说不定今天回家晚了，明天总一定来，”女儿还勉强想出理由来宽慰。

“明天吗？还是不来的，不信你瞧。”

“……？”

守梅不明白这话底意思，呆沉沉望着。

这还用说吗？樊振民一定是像吕次青一样他准备缩手了；他一定是故意要把这几天的紧要关头捱过，等事情什么都定了局，等学校里上了课，教员们回校的回校的，走的走，什么挽回底办法都想不出了的时候，然后再跑来装出一副无可奈何的样子，对自己说：

“现在，现在可真走到绝路了。”

徐子修回想起昨天他那种模棱两可的态度，他坚信着自己这猜想是不会错误的。

“他，他是想跟我敷衍一阵，就放手啊，一定的。”

这样气愤地说。

“他也会放手吗?”女儿半信半疑地轻轻答；可是，先前只是振民耽心着爸不愿意搭手，现在怎么又倒过来，变成爸来害怕振民放手了；她一边开始替父亲整着被窝，一边莫名其妙地想起；他们底事情真是不容易明白啊!

二十三

“难道真连今天都不来吗?”

又一夜过去,徐守梅不知不觉地自己也开始分担了父亲底那种焦急。她不停地算计着时间。她知道樊振民起身是再迟也不会迟到八点以后的;昨天就算他是回家晚了,不能来,今天,既然父亲有这许多事情等着他报告,纵然一清早说不定还要干一些旁的事,到九点十点总该来。可是她看看钟,已经过十一点。难道真像父亲所估量的,他过意地避开不来吗?不会的,不会的,她始终还不肯相信地想;他那里是这一种躲躲藏藏的性情哪!可是除了这还会有什么其它的原因呢?

今天,无需乎等父亲底催迫,她仿佛自己都准备到樊振民那里找一下底样子。……

这样想,却发现父亲正走进她房里来。

“怎么真不来呢?”

“我对你说他这几天不会来了。”

“……！”

“我可也不等他，”徐子修慢慢说，“不过学校里不知究竟闹成怎么个样子。你振民那儿不愿意去，替我学校去看看情形总可以？”

“既然他不来，也只好自己去打听。”

“能顺便到振民那儿看一看，那最好，否则我也好去的。”

“爸，你还是少行动吧，我去就是了。”

这一回守梅可并不拖延时刻，马上就整一整衣服，出门去；父亲跟着出去替她关门，——

“如果碰到振民，叫他马上来，就到这儿吃饭也好。”

“我晓得。”

徐守梅已经出了门，却还没有想到究竟应该先上那儿去；她向路底两头一望，稍稍迟疑着。先上学校去吗？在她那个小学部里是打听不出什么父亲所想知道的消息来的；到中学部胡乱找人，谁又不认识她是徐子修底女儿呢，这在她又是一件太为难的事。那还不如干脆先找振民吧，倒未见得会刚巧碰到什么人；而且找到他，学校里也就可以不用去。这样想，她才向东拐了弯。

加紧了脚步，不一会就走到。说过不打算再来的，今天可又来了，她在敲门的时候这样想。

来开门的并不是他自己，是房东家底娘姨。

恐怕又不在家吧？正转念间——

“是来找樊先生？”就听到那娘姨这样说。“他已经两天没回家。”

“怎么！”

“他前天下半天回来转一转，又出去，就没有来过。”

“你晓得他在那儿？他没有留着什么话？”

“我们不晓得，我当你们总清楚。”

他会到那儿去呢？前天？前天晚饭边还看到他来的；这样说他是一离开她们那边就没有回去了。他究竟跟爸谈了些什么话，她也没在旁边听到；他究竟，究竟会跑那儿去呢！你还不肯死了心似地走到他那房门跟前看一看，门是好好地锁着。正转回身，却在窗口边发现了一个名片，拿过来看，“吕次青”。显然的，吕次青也没有找到呢。她把名片仍然放在原地方，——

“这位，这位吕先生几时来的？”

“昨天一清早。”

怎么吕次青知道了也没来通知呢？究竟人在那儿呢？她一时慌张得想不出还应该问些什么事，就连叫他一回家马上到她们那边去底话都忘记关照，自己茫然地退出来，让人在她后面把门关上。也不记得原先还打算再上学校去，只一口气回到自己底家，打进门，——

“爹，他，他……”气急地说不上话。

徐子修看到女儿那副慌张的样子，吃惊着。

“你怎么这样快就回来？”

“爹，你知道他到那儿去了？他，他两天没回家……”

等她勉强定了神，把刚才经过的情形说清楚，徐子修却一句话也没有说，只呆沉沉地站着。

“究竟在那儿呢？”

“我怎么知道！”

“爸，他一句也没对你说要到那儿去吗？一点影子也没有吗？”

徐子修到这时候却也不像先前似地咬定樊振民是有意避开他；他也没料到竟会不知去向的。无论如何，总不会是预先打算好的，故意绝口不提的一个什么计划吧？他咬着嘴唇，在廊檐上走一阵，一边努力叫自己定下心来，可以把事情前前后后想一想，也许还能得到一点可能的猜度。

“那除了吕次青之外，还有人去找他过没有呢？”

“……”她当时可没有问。

“他以前是不是常在外边过夜呢？”

“……”她也是没有问。

发现父亲听了这消息也跟自己一样地意外，徐守梅更害怕起来；她青着脸，差不多要哭，对着父亲呆看，双手没地方放似地动一下，好久，才用颤抖的声音问：

“那，那我们怎么……”

“我想大了不得的事情总不会有的，你也不用急，”倒要徐子修来替她宽慰了，“现在总只好到他常来往的朋友那儿先去问一问，再没有，只好上学校里去打听。”

“他那许多校外的朋友我又不认识。”

“那个姓李的，你不是跟振民一起到他家里去过吗？——只要找到一个就都找得到了。”

她定心记了一下；又是那么远的路啊！可是路远路近她已经顾不到，只努力把那地点记了起来，一定要找总还是能找到的。“那我现在就……”她像一分钟也不能损失似地打算马上就走了，“那地方一直在南头呢。”

“这样远？那你还是吃了饭去，反正已经过了两天！”

勉强捱过了一餐饭，她是再也不能等了；徐子修抑制住自己底惊异和恐慌，在她要走的时候还对她说：

“阿梅，不过你也不用害怕，总没有什么的。”

“我晓得；爸，你自己不要出去啊。”

“我不出去，你可无论找到不找到都要快点回来。”

女儿走出门，家里就又只剩下徐子修一个人了；他只是一下子在堂前呆坐，一下子可又来来往往地踱，到底禁不住开始替樊振民担着心。照事理推测，受到什么意外的危险，那是不会的；何况前天刚从他家里出去，就不知去向，如果发生什么事，能这样一点儿消息都没有吗？可是，可是他自己又何必这样一声不响地溜走？

这算是什么意思呢？无论如何，事情是太离奇了，离奇到几乎叫人不敢相信了。

他简直像没有地方可以安放他底推测；除了在家里呆等着旁人带消息来，他真没有一点其它的办法。

只自己不停地抽着烟。

单是等阿梅回来，就不知要等到几时；这么许多路，说不定还要跑到旁的地方去……而且也未必就一定能带来了确切的消息……学校里，恐怕连吕次青都不知道，此外问谁呢？……如果真等阿梅回来还是不知道他底下落，那怎么，那……

无可排遣地一个人烦乱着，他伸出手，在两个太阳心边用劲地按捺，一时间，头脑又像上星期似地一阵阵昏眩起来。没劲儿再来回踱，坐下，发现额上渗出了冰冷的汗珠。几乎要支持不住了，他自己想起，走回到卧房里，找到了那一瓶小的药片。平常每天服三次，每次要服四片呢，瓶子里拿掉棉花，一看，总共剩下一片了，就只好拿过半盏喝剩的冷茶，把这最后的一片药吞送了下去。

回过脸来看见床铺，他停了一阵，但到底还是倔强地走出卧房，宁可把走廊下面那张藤椅移到堂前来躺着。

阿梅出去是在十二点一刻，现在还不到两点。

可是，他像很疲乏似地舒了一口气，还是别去想它吧，事情已经如此了，想着也是没有用啊！……

他躺着，听着自己急迫的呼吸。

约摸两点半光景，就听到门铃响。还不算超出预计的时间呢。他自己站起来，费劲地走向门口去；可是没把门打开，就已经从篱笆缝里隐约望到外边既不是守梅，也不是樊振民。究竟谁呢？开了门，想不到会是学校里的工役陈三；他这时候跑来干什么？难道会有什么消息特意来通报不成？刚要问起，陈三已经从一本簿子里拿出了一封夹着的信，交给他，一边把簿子翻开，一并递到他身边，随随便便地说：

"请盖个印子吧。"

拿到手一看，是平常见惯的学校信封，信封上却盖着一个自己从来没有看见过的，扁圆形的"校长室秘书处"底图章。他只前后翻了翻，没有拆，——

"陈三，他们已经，已经办公了吗？"

"已经上课了，还不办公！"

"怎么，已经上课了？"徐子修吃惊着。他所听到的那许多报告果然完全没有一句真话吗？他慌忙地问下去，"几时上的？有多少人？"

"这些我倒不清楚，"陈三像不耐烦似地说，"请快些盖个印子，我就要回去交待。"

会是这样的口气他也根本想不到，就像问几句话底时间都等不及似的；对他看了一眼，把那回单拿到手里，回进屋子去，找到一枝铅笔，胡乱写了"徐收"两个字，也不打算再跟他麻烦了，就让他拿走。

不过无论如何，已经有人上课，这话总是真的了，振民倒说是无论如何课总是上不成的！他底话还能够相信吗？他底突然不见，也一定是什么瞒着自己的鬼打算了，倒替他干着急了好半天！徐子修并不忘记关门，走回来，在榻上坐着，一边没好心绪地把那封刚送到的信随手拆着。

是一分又用什么“秘书处”署名的油印品。二十多年了，学校里几时有过什么秘书，真当官做吗？徐子修像看了这三个字就憎厌着。“……请台端即日来校上课……如三日内未见到校，亦未备函请假，则以台端自动毁约论，当即另聘继任也。……”又是多大的口气！正想把那张纸团掉，却突然发现下面还有一张；翻了过来；这一分倒是由新校长自己署名的。居然还要装上一副假面具，说着什么“平初任职伊始”这些客气话！他只匆匆看着。“……拟约全体同人茶话……请于本日午后四时驾临本校第一教室……”就连这个不到一百字的通知书都写不通！秘书！徐子修拿两张纸一起团掉，随手就向茶几下面一丢，自己又在那张塌上躺下来。……

不过事情大概是完了吧。振民显然已经不打算再管事，再说学生方面会坚持，这话也恐怕根本就靠不住的，要不然，今天上课那来的人听讲！事情从头就受了蒙蔽吗？可是他的确接到了恐吓信，还的确受到对方底那种难堪的中伤，怎么能根本没这回事呢。真奇怪，这半个月以来的一切变化都会这样不可思议，他不但没法子打主意，就连要理解都那么困难了。

现在剩下的事仿佛就只有等守梅回家；至于樊振民，他已经不打算等。

直到快四点钟，才看到女儿还是一个人，坐着洋车回来；她头发零乱着，脸上扑满了灰沙，再加上正淋着的和已经干了的汗迹，仔细看，简直像是换了一个人底样子。不过她总算安全地回来，多少放了心，——

“怎么样?”他问着。

“找来找去都找不到啊!”

“哼，也别去找了，我知道他是什么道理。”

“爸，爸，”守梅却来不及注意他那话底意思，只自己用慌张的声音说下去，“我猜他一定是，一定出了事情。”

“你怎么知道，我看不会。”

“我学校里也去过，听他们说前一天，就是那一天哪，他们说学校里……”

“别这样慌张，坐下来，头头绪绪地说。”

徐子修自己先坐下来。

“就是，就是礼拜那一天，学校里出了事情，”守梅没有坐，她自己努力镇静下来，可还是说得那么没头绪，“晚上有好多学生给捉去了，恐怕有十多个人……”

“为什么捉去呢?”

“说是有什么政治嫌疑呀！——我怕，我怕振民……”

什么政治嫌疑！徐子修突然间像对眼前的事明白了一大半：樊振民怎么会失踪，学校里怎么会平平静静地上课。

“那他们说起振民没有呢？”才急忙问。

“都说不知道。”

“你没有找吕次青吗？”

“我去找的；他昨天就离开学校，连东西都搬走了。”

原来他们还用这种手段哪！他们没法子对付，就可以向当局去诬告，胡乱加上了罪名，把反对的人一个个捉去吗？他愤激地站起来。世界上已经没有了是非，没有了黑白，难道竟还没有法律吗？政治嫌疑！好好的学生为什么会有政治嫌疑呢？为什么早没有迟没有，偏偏到这个时候来发现呢！显然是为了维持自己底势力，把清白无辜的青年任意污蔑了。全校几百个学生，看自己同学这样无端给诬赖，给摧残，难道就像羊一样驯服着，一声不响地上课去吗？还有这许多同事呢！难道人心真都死了吗？……

“爸，爸，……”守梅看到父亲那神色，只没办法地一声声喊着。

“这消息究，究竟是不是确实？”

“学校里全知道。——爸，我说振民他……”

“那还用说，当然一块儿去了！”

本来还只半信半疑地猜度，经父亲这样肯定说，她倒呆了一阵；突然间，到茶几边坐下，俯身在茶几上哭起来。可是这一回，女儿底眼泪却并不能引起父亲底怜惜，他反这样嚷：

“你竟是，一点事情就吓得这样子，哭有什么用！”

他发现自己像跑了十几里路似地气急着。

突然间，他走到女儿靠着的茶几跟前停住了；看了一阵，蹲下身去，把先前丢在那地方的一个纸团从新检起来，从新摊平了看着。“本日下午四时第一教室。”现在正打过四点不久啊！

“你，你替我去叫一辆洋车来，快点。”

出人不意对地女儿这样说。

守梅勉强抬起头，诧异地看着。“爸，你要车子干吗？”

“你别管，我，我要对他们提出质问，为什么，为什么……”

“爸，你怎么，怎么，”带着哭声说。

知道她又是要噜噜苏苏阻拦的！他一下子竟像是忍耐不下去，他暴戾地大声喊着，“我要你去叫你就去叫，难道怕他们把我杀了不成，你，你……”

“……”

“我叫你去你怎么不去啊!”

他捏着拳头，顿着脚。

到底逼得守梅拗不过，只好拿手帕揩了揩眼睛，走出门，替父亲叫洋车去。

二十四

徐子修用手在车篷上扶着，跨上车，仿佛还听到女儿在门口这样胆小地叮嘱：

"爸，你无论如何要小心点，别，别……"

可是他却一句话也没有回答，只在自己，这时候大概他们那个招待会还刚开始呢，一边就让车夫飞快地跑向学校去。匆忙间他也并没有想到自己这样赶去打算说些什么话，又打算做些什么事，只是，让一种无名的力量所催迫，叫他咬紧牙关，没有一切准备，忘记一切顾忌，自己无从做主地，盲目地冲着，撞着，一路上只在心里一刻不停地骂：

"这一种人，这一种……"

却连应该怎样骂法都仿佛接不下去。

不一会，就到了。他跨下车，连车钱都忘记给，就低下头往里边跑，直到车夫追上来，才记得。学校里似乎并没有他所能注意到的变动，照样的接待室，照样的长廊，照样的在长廊上来来往往的人；可是他也并不留心看，只自己一股劲从北到南穿过整个的校舍，径自往第一教室走去。

就算今天学校里已经开始上课、可也该到了退课以后的时间，在第一教室底四周，在窗口，在门外，却还聚集不少看热闹的学生，张张望望的，交头接耳的。看徐子修突然来到，不约而同地多少表示着诧异底神色，让开一条路让他走。

教室里边，已经把平时学生底书台排成了一个马蹄形，上面还铺得雪白的台布，搁着一盆盆的花，一盘盘的点心。在马蹄形底上端，一个留着不到一寸开阔的胡髭的中年人身体笔挺地站着，把手臂垂在背后，正说话；全场粗粗望去，差不多也有了二十个人。一下子，二十多个人头都同时转向了入口边；正说话的嘴也停顿了。“他怎么也会来的！”静默中，像可以意味到一种没有说出来的惊异底空气，同时仿佛又发现有人稍稍把头动着，像对新来者招呼。徐子修对这种似是而非的招呼并没有理睬；他皱紧了眉头，急迫地呼吸着，看到入口那一边有三五个空位子，就一个人孤另另地坐了下去。

“……所以，所以，”这样停顿了一会，说话的人像也忘记了刚才正说些什么话，为什么要用这个“所以”来接下去；舌子上打了一阵结，好久才解开。“所以平初这一次就打算在校务方面能够，能够多一点革新，要在，要在……”

当然那就是陈平初了。

徐子修对他看了一会，这才开始在已经到会的那些人之间睔看了一遍。竟还有三四个人自己从来没有认识过：学校里以前有这几个同事吗？刚到校两三天就已经带来了这么许多人吗？将来还怕他不拿学校变成衙门吗？正想着，值差的校役端过了一盏茶来；徐子修让它在面前搁着，没有碰一碰。

“所以，所以我想各位先生对校务方面一定有许多高明的见解。今天，一则，几位不认识的同事有个机会可以聚首一堂，大家认识一下；一则，还希望各位给平初一点坦白的指教。大家不要客气，随便用点茶点，随便说点话。”

陈平初说完，伸手搔了搔下额，坐下来。他拿起了茶盏，向四边招呼一下；大众同时都把茶盏拿起了。

只是徐子修却没有动一动，他坐着，觉得自己底呼吸越发地短促起来。平常，无论什么集会他总从来不惯于当众发言的。他肺叶震动着，正要站起身，却发现尤丹初从陈平初侧边拿了一本本子，远远地走到自己跟前，——

“请补签一个名。”

“……”像没有听到。

“徐先生，请你补签一个名哪，”把笔都一直递到他手边来。

这才对尤丹初看了一下，把醮满墨汁的水笔拿到手，手抖着，飞快地在那簿子上签了“徐子修”三个大字；正这样做，他发现跟他遥遥相对地坐着的张敬斋忽然把肥大的身躯动一动，抢在他前面站起身——

“校长，各位先生，”他把头向两边一点，开始从容地说。

口说只是一点小意见，却来了一段又长又叫人讨厌的议论：改革底计划，课程，事务，一封教务主任底聘书就买到这一套肉麻的歌功颂德的话吗？还厚着脸说是“代表全体同人”呢？徐子修根本就没有这一分耐性详细听下去，他只把眼光向陈平初坐着的那远远的一只角狠狠地逼视。还看到尤丹初把头凑到陈平初身边轻轻捣了一阵鬼，然后两个人又同时把眼光向自己方面飘过来。徐子修还是崛强地望着，像企图给予一种威胁似地拿对方底注视逼退了才干休。

“……我们这学校，过去又有着悠久的历史和基础，现在又有幸地得到陈先生那样的专家来主持，兄弟觉得前途是非常有希望的，所以敢供献了这小小的意见，还请各位指教指教。”

张敬斋又四边点着头，来了三五声的鼓掌，没有响影，又沉默着。他突然间加上一个“完了”，才坐下。

停顿了一阵。

“现在张先生提出了三点高明的指教，”陈平初又半站起身说，“真是校务改进方面最确切，最具体的方案，我们停下还应该一件一件详细地讨论。我还希望大家多说一点话，可以各方面参酌参酌。现在还有那位先生，那位……”

没等他说完，徐子修突然站了起来。

全场愕然。

站着，腰部稍稍拳曲，皱紧眉头向两边慢吞吞看了一遍，却好久还没有话，他头疼着，两条腿震动着，两只手痉挛地互相捏了一阵，——

“我首先要声明，”差不多等了半分钟，才喘着气，用颤动的声音开始，“我今天并不是来参加，参加这个校务改进会议的。……我我……我特地来提醒大家，我们现在还没工夫讨论这将来的问题。我们眼前，在我们眼前已经发生更重大的事情了，……我，我……”

现在，全场连茶碗底叮当声都听不到，只听到徐子修底鼻孔在急迫地齁鲐着。

“刚才张敬斋先生说了许多的话，还有那位……”能用校长这称呼吗？他不愿意；他说了好一阵，才勉强说清楚了“陈先生”三个字。“还有陈先生也说了不少话，可是大家一句都没有提到，我真是觉得非常奇怪。……我们学校里有这么许多学生无缘无故被捕逮了，难道大家不知道吗？”

他突然把声音加大了，说了这一句，又停顿下来。他像感到一阵阵的头晕，只好把身体偏向一边，用一只手扶住了椅背。——“刚才接到通知书的时候，我还以为是专为这事情而召集这个会的，等来到这儿，那知道不是，那知道大家一句都没有提！……我们都是办教育的人，我们对于青年是负着怎样重大的责任，对青年底家长负着怎么重大的责任；现在，我们自己学校里的学生发生了这样不幸的事，难道就可以装聋做哑地不顾问吗？……现在，学校里据说已经有了负责的人，我希望新的学校当局能够给一个事情经过底报告，给一个能叫大家满意的具体办法。”

倒下来，在椅背上靠着，把眼睛尽是望住空中。

这时候，在教室外边不知不觉又聚集起更多的学生了。

陈平初笑了一笑，又搔搔下颏，站起来。

“平初今天非常高兴，能看到我们底同人对青年是这样热情地爱护；像这位，这位，”他转过头，对身边的尤丹初轻轻问一下，是徐子修吗？然后接着说，“像徐先生这样的精神，平初是非常钦佩的。不过有一点徐先生是误会了，他仿佛没有把教育跟政治这两件东西分清楚。学生因政治嫌疑被捕，那是，那是学校里管不到的事情，学生底思想和行动，是不能叫办学校的人来负责的。何况平初还刚来到，以前训育底情形也，也是完全隔膜。所以徐先生要平初做一个事实底报告，却是无从应命。至于办法呢，据个人想，那自然只好等当局底解决，所以刚才根本没有提。”

刚说完，徐子修跟张敬斋同时站了起来。

“徐先生，请等一下，”张敬斋发现了，招呼着说，“这事情我倒有一点，有一点……”

徐子修一时说不出话，只好坐着。

（振民呢？只要有樊振民在身边就好对付了！）

四边望望，感到自己完全孤立着，四周围尽是对头了。

“关于这事情底大体方面，刚才校长先生已经有了明白的解释；我觉得，只要从事理方面稍稍想一想，就很容易明白，也无需再加多余的补充。不过，从这里我们倒可以连带想起了学校底训育问题，我们与其在这里讨论该怎么定对付的办法，倒还不如想一想，为什么有这些事情发生。不如想一想，为什么有这种暴乱的分子，为什么好好的青年到我们这学校里来会变成，变成……”

突然间，从教室外遗传来了一声又长又响的“嘘”。

大家把眼光去找寻这声音。

徐子修已经几次地想站起来。那家伙简直把学生底罪状咬实了吗？听到嘘声，也转过头去向门外望了一下，四周围层层叠叠地尽是人哪。

“我觉得，我觉得，”张敬斋却只稍稍停顿，还像没听到似地顾自己说下去。“这倒是我们责任所在的地方：为什么我们竟教育出这样的青年来？……固然哪，被捕的学生也不过是嫌疑，不过既然当局都注意到了，又谁能够担保我们一定没有这种分子，一定是冤枉的？……”

“我，我就能够担保！”徐子修忍不住抢着说。

那一个笑着。“那可不知道徐先生凭什么来担保没有这种分子底存在。”

“这这，这简直是……”徐子修喘不上气地说；“我们只要看，在，在政治风潮高涨的时候，我们这学校里有没有这种分子？在三年以前有没有？在三个月以前有没有？为什么刚巧到三天以前，在新旧交替的时候，在学生向校董会请愿之后就马上发现了呢？……很明白的，这不是学校训育底问题，也不是政府当局底问题，分明是有人诬告啊？”

听到屋子外边一阵稀微的拍手声。

“学校是培植青年，教育青年的，谁这样丧心病狂地把它变成一个摧残青年，陷害青年的机关哪！——究竟是谁诬告的，我们要在这儿追查出来，而且我可以知道，这个人一定就在我们这一圈子里边。”

本来还是断断续续的拍手声，现在是变成混然的一片了。徐子修像喝醉了酒，站不定，赶忙两手捏住了桌边；可是他再也想不到自己声音会变得这样响，竟叫人在一片掌声中还能听到他继续喊：

“我们大家应该拿出良心来想一想，不要满口官话，事情就非常容易明白了。我们就忍心看这班纯洁的青年，而且是自己底学生，受到这种恶势力底残害吗？我们还忍心假作不知道，无耻地向恶势力低头吗？我们，我们……”

喉咙开始哑了，说不出话，只站着喘气。

外边，那一片浑然的声音却变得比刚才更嘈杂。

正这时候，看到尤丹初忽然站起来，却并不发言，只又对陈平初捣了几句鬼，乱匆匆地一个人离开会场走出去。

“请大家维持秩序，兄弟倒还有几句话要向大家报告，”张敬斋也不是刚才那副带笑的脸色；他却还努力抑制着，用一种勉强的镇定舒缓地说。这样提一句头，等外边的闹声稍稍平复，才接下去，“刚才徐先生口口声声说是为青年，那当然会博得学生底同情和拥护了。（嘘！）他那种操纵青年感情底手段和能力，兄弟是非常佩服。（嘘，嘘！）不过，不过，（他开始让不断的嘘声弄得有点窘迫，话有点格格不达的，）我们如果追究他底，他底动机，很明白的。是为了他那位未来的令婿樊振民先生也牵涉在这事情之内呀！”

徐子修惊了一下，这样说，樊振民底下落是可以证实了。

“所以所以……”

徐子修不等说完就抢上去，——

“大家听着，现在张先生向我们报告，樊振民也同时被捕了！这事情我是直到现在都没有知道的，在座的各位又听到这消息没有?”问着，稍稍停了一会，“樊振民并不在学校里被捕，所以学校里的人全不知道；我也只发现他失踪，没清楚他底下落。大家都不知道的事，为什么张先生一个人他偏偏会知道呢?这一次这么许多人被捕，还不是证明了有人诬告吗?还不是证明了是谁诬告的吗?试问张先生是不是在侦查队里办事的，所以知道得这样详细?……”

嘈杂，混乱；门外边的人是越聚越多，有几个竟踏进到门槛里边来。张敬斋青着脸，把眼睛望住徐子修，想说话，却看见陈平初也站起身，伸手向两边招呼，叫大家坐下，又对门口边学生们喊：

“你们静一点哪!”

徐子修把两手撑住台子，暂时坐下了；他眼花，心跳得厉害，自己还发现手掌心变得冰冷的。

“今天这个会原是联欢底意思，请两方面平心静气说话，不要，不要……”陈平初搓着两只手，他觉得再不调解是要大家都下不了台，赶忙努力阻制着。“其实，张先生和徐先生底冲突，其实也不过是误解，请大家不要意气用事。……不过，不过徐先生有一句话，平初到不能不声明一下；徐先生说为什么学生被捕不早不迟地在这个新旧交替的时候，仿佛就连平初都有嫌疑了。徐先生唯一的理由是，为什么这样巧？其实，其实巧的事情世界上是有的……”

学生们有的忍不住笑起来。

“徐先生这样爱护学生，我们大家自然都非常同情；不过请不要误会，我们大家谁不是同样地爱护呢？平初无论到那儿，也总是把青年学生当做自己子弟一样看待，这，这……”

忽然间一个响亮的怪声在喊着：

“不要脸的话！”

接着是几声把食指搁在嘴里吹出来的尖叫。大家又一次把头向发出这些声音的地方转过去。

本来，尤丹初早就说过最好别让学生们旁听的，为要表示宽大，陈平初没有依从；他说话的时候大家笑，他已经有点受不了，可到底还勉强忍耐住。这一回，他就把话中止了，对门边望着，停一会，却突然离开座位向那人群走过去，气愤愤地说：

“你们在这儿干什么？刚才话是谁说的？”

“……”

“你们赶快指认出来，总是你们这一堆里的人。”

“是我说的，”有人这样答应。

“好，好，你站出来。”

一下子全场都变得静默无声了；那个学生走出了几步，大家看到，是高二的陈建功；陈平初对他看了好一会，只又加上了两个“好”字，乱匆匆自己走回到座位边，——

“大家看看，学校里有这样不守规则的人，应该怎么处理?”

“……”一时间没人答话。

“大家评评理，这样举动，这种……”

“我觉得这种举动是对的，”徐子修直截地接上去，“他们看到自己底同学这样无端地被诬陷，他们底心没有死，所以会有这种激于义愤的行为，我们不但不应该阻止，还应该鼓励的；我们……”

“像这样的，这样的不法分子还，还……”

“如果一定要办，那容易，向当局去告发，说是政治嫌疑，叫抓去好了；……还有我，我也是有政治嫌疑的，一起抓去好了……”

四周围又变得纷乱起来，有好多人爽性拥到了屋子里边，把那台子排成的马蹄形包围住，嚷，拍手，在徐子修邻近的同事到他身边把他拖着，揿着，劝解着，硬要他坐下去。

“徐先生，你，你不要……”

“我们还是散会吧，”也有人这样提议。

“这，这……”陈平初还自己耐不住地咆哮，“这学校还，还干得下去，这，这……”

不等他说完就马上来了响应，——

“干不下去滚蛋好了!”

“你不滚我们走!”

“我们全体退学!”

“还要学校里把学费都发还!”

“再上课的是狗，不是人!”

“……”

“……”

在一片声音和动作底扰嚷里，徐子修只觉得眼前一阵黑，一阵青，屋子像要倒翻下来，坐着，还仿佛自己底身体在无穷尽的深渊里掉落着。手冷，头上却淋着汗水。他舒了一阵气，定着神，好一会，才稍稍清醒过来，却看到眼前许多人都在纷乱中不知溜跑到那里去，四边人只剩下一二十个学生把他包围住。雪白的台布给弄脏了，甚至几张凳子都倒下了；他还看到有人正拿起刚才的记录簿一张张撕，然后高高地一抛，让它飞着；还有人也顺手捞着盘子里的点果，往嘴里塞。……

“徐先生，徐先生，你怎么样?”

“不要紧，不要紧。”

“徐先生你身体……?”

“我向来有这个头晕毛病的，近来时常发。”

他伸手到衣袋里，想找一根手帕，却摸来摸去都没有，就只好拿长衫底袖口在额上揩。又坐了一会，他勉强站起身，却不料刚走上几步就差不多要倒下来，他赶快让身体一偏，伸手撑住墙壁。有人看到这样子，就过来扶住他。

“徐先生这样怎么能走呢，歇一歇吧。”

这时候，正在收拾盆子和茶盏的校役来富却把手头的工作停住了。他从旁边看了一会，忽然间拿自己袖口一掳，走过来，一边说：

“我来送徐先生回去吧，反正我也要卷铺盖了。”

就过来把徐子修用力搀住，掖着他，慢慢走出了教室。抬起头，天色已经开始黑下来。徐子修又揩着汗珠，喘着气，差不多全身靠在来富身上，在那一条遥远的长廊上勉强地走。

等回到家，还是由跟送在洋车后面的来富扶下车，徐守梅开出门来，却看见父亲底脸色是苍白得像死人一样了。

二十五

在向来那么冷清的马路上，那一天午饭后，却忽然比到了寒暑假的时候都更热闹起来；人声嘈杂，满街的尘土飞扬，引起邻近乡村人家底狗都窜来窜去，汪汪地叫着。联贯的洋车从吃饭时候起到现在都没有断绝过，上面载着人，载着衣箱和铺盖，一例地往东面跑去。偶然来一辆逆流的车，想要从这条路上经过是困难的，时时要让避着，停顿着……

那一辆逆流的车上坐着的，却就是樊振民。

三天以前，他从徐子修家里出来，刚到自己里门口，就有两个不认识的人把他夹着，要他坐上一辆汽车，把他载去了。他不认识他们，那两个人可认识他呢。是这样莫名其妙的三天，也没有人正式问过他几句话，只在两方面的不得要领之中过去；没有一点根据，没有一点证明，连究竟是谁告发的都仿佛无从追究底样子。终于到今天，也并没有宣布无罪地就把他释放了。出来，他就先去洗了一个澡，饱饱地吃了一餐饭，连自己家里都没有回去过；怕徐子修他们挂念，就坐上一辆洋车赶了来。

“可是这许多学生究竟干什么呀？”坐在车上，他这样不明白地想，“难道提前放假了吗？真解散了吗？”

几天来的情形他一点也不知道啊！

学生们也有许多认识他。有的刚来得及看见，就已经跑过，有的只在满目尘土中向他招呼了一声，就听不出下面的话。无论如何，风潮是扩大了，这他可以相信的。正这样想，一辆已经拖过的洋车上有人向他喊着，回头看，那车在停下来。是陈建功，也在身上叠着衣箱和铺盖。樊振民赶忙把自己底车也勒停了。

看看离徐家已经不远，他下车来，付讫车钱，走到陈建功身边去——

“你们，你们怎么样啊？”

“大家都自动退学了，学校里差不多已经没有人。”

“怎么，这几天事情我完全不知道。”

“本来呢，昨天就已经开始上课了，抓了这许多人去，就散了心，到昨天，昨天……”

“你还是下来吧，看，后面车都塞住了。”

陈建功往后边看了看，就让车子拖到道路侧边，自己扶住行李，下来，跟樊振民一起退避到阳沟边；可还是一阵阵的风和灰土，他们只好拿出手帕来掩住了鼻子。

“一直到昨天散了课之后……”

他开始兴奋地说着那教员会议底经过。说着徐子修底情形，竟连樊振民听了都像不敢十分相信呢。平常，有点事他只会自个儿燥急着，一点办法也不会有的；可是这一回，倒是他一个人底办法，而且只有他底办法才有了成效了！他那来的这力量，这感动人的力量啊！

“……今天，他们又标出了开除二十几个人底告示，”陈建功接下去说，“同时还强迫大家上课，不上课就得马上离校。他们这样干，大家就走。”

“是全体吗？”

“差不多全体了，就是高三还有一部分不走。”

“到底文凭要紧哪，”樊振民笑着说，“不过少数人也不怕他。”

“今天听说上边还要派人来调查这次风潮。”

“不错，被捕的人已经全放了没有？”

“有几个出来了，有一些还不知道，大概总不要紧。”

“不过，不过，”樊振民稍稍沉吟，“恐怕以后还有许多事，你们这样一走散，倒是，倒是有点……”

“不要紧，大家都有地址留下的，团结还存在。——本来有许多事情还要跟樊先生谈的，现在我先去把东西放一放好，回头再到樊先生那边去详细谈吧。”

“你几时来？”

“至多两个钟头。”

“好，你稍稍迟一点也不要紧，我还要到徐先生那边去转一转，才回家。”

说着，就让陈建功坐上洋车，走了；他向鱼贯不绝的车子底行列望了一阵；这事情他难道还不相信吗？有这么许多学生搬东西难道会是假的！他兴奋着，困难地穿过马路，靠在边上，还用一种孩子气的热情向认识的学生扬着手，自个儿急忙忙赶到徐家去。……

徐守梅想不到开出门来竟会是樊振民！她正焦急着，如果再两三天没音信，真不知道该往那儿去找呢。互相像来不及似地问起两方面底情形，樊振民约略把自己底事说了，随即问——

“你爸呢？”

“他又躺下了！”乱匆匆地答，“今天已经好得多。你没看到他昨天回来时候的样子呢，简直像失去了知觉。幸亏来富来帮忙伏侍，我赶快去找医生。”

“你去找的？找谁？”

“你当我真连请医生都不会吗？——以前那个方子有地址的。”

“现在怎么样？”

“已经好多了，昨天就连打针都不觉得。”

“去对他说我出来了。”

“可不知他醒了没有，刚才倒是睡得好好的。”

徐守梅打先走进父亲卧房去；樊振民轻手轻脚跟着，到了前间，他停住了，静静地等了一会。先还没有声音，慢慢听到守梅在说着话，他踅到门口，就看见徐子修笔直地挺在床上，可是已经张开了一双乌黑的眼睛。

"啊，振民，你，你怎么会出来的？"

倒已经先看见了他。樊振民就走进那间黑沉沉的卧房，缓缓地说，"我底事本来没有什么，硬诬赖到底没有用。"

"你，你……"

还是那么气急啊。

"您还是少说几句话，我自然会一件一件告诉您。"

就在他床前的一张凳子上拿掉一些衣服，坐下来，又一遍说着自己底经过；接着就说起了刚才在路上跟陈建功谈的话。他一边还悄悄地注意着徐子修底神色：几天来，他脸上已经瘦得不见一点肉；全身盖在一张薄被里，平得简直像没有东西了。可是听到说起全体退学底事，他却把身体侧过来，拿眼睛望住樊振民，鼻孔里短短地呼着气。

"怪不得我张到篱笆外边有这么许多洋车走过呢，"徐守梅也插嘴："我还诧异，怎么会有这么许多人搬家。"

"你也看到的吗？"

徐子修现在仿佛对什么事都非要亲眼看见就不敢相

信似的。可是女儿也说看到，多少是不会假的了。他把身体又动了一下，拿肘子撑着，像要起来。守梅赶快拿过了一个枕头去，扶住他，让他靠起了半个身体。

“您这儿门口当然经过，到现在还没有走完呢。”

经这样动一动，又喘气了，头一阵晕，还是倒下来。守梅只好把枕头又拿开，在他肩背上不停地拍着，捶着，一边对振民说：

“你慢慢再对爸谈吧，他受不了。”

樊振民把话停住，也慌张地站起来，看着。这一场喘气像一下子停不住底样子，他体质竟衰弱到这步田地吗？仿佛直到现在，他都还不敢相信，眼前这个病人，在昨天倒会干出这样一件事情来的！谁能想得到在这样一个身体上面，倒会有那一股比青年人还强的蛮劲呢？凭着这股蛮劲，凭着这种冒失和燥急，他是把无可挽回的事情都挽回过来了，把失败变成胜利了。想着，微微感到一种惭愧似的心理：平常，矜夸着自己底能力，空说着人生乃是斗争，可是到紧要关头能有这样一颗坚强的心来蛮干吗？他，只在半个月以前，还那么除了自己底本分之外，旁的事问也不愿意问起的，可是到外界的压力加强了的时候，却表现了这种任何人都够不上的弹性了。是他吗？是这个连说一句都没气力的眼前这个徐子修吗？那么疲倦惫，那么衰老！可是在这个衰老，疲惫的病人跟前，一个年富力强的青年人却无可奈何地深深感到了自己底薄弱和渺小。……

“不要紧，不要紧，”好久，才慢慢平复下来。

不敢再多说什么，樊振民站了一阵，想起陈建功就会到他家里来，还有许多事情又得从新积极进行了，正要走，却听到徐子修又在自言自语的，——

“事情会闹成这样也想不到，想不到……我昨天还以为什么都没有办法了，想不到，……想不到……”

“爸，你还是少说几句话吧。”

讨厌！叫人生了嘴不说话吗？徐子修倔强地想；可是他到底只皱了皱眉头，没有说下去。

图书在版编目（CIP）数据

漩涡里外 / 杜衡著. — 北京：中国国际广播出版社，2013.1
（良友文学丛书）
ISBN 978-7-5078-3537-3

Ⅰ. ①漩… Ⅱ. ①杜… Ⅲ. ①长篇小说－中国－现代
Ⅳ. ①I246.5

中国版本图书馆CIP数据核字（2012）第265635号

漩涡里外

著　　者	杜　衡
责任编辑	张娟平　聂福荣
版式设计	国广设计室
责任校对	徐秀英
出版发行	中国国际广播出版社（83139469　83139489[传真]）
社　　址	北京复兴门外大街2号（国家广电总局内） 邮编：100866
网　　址	www.chirp.com.cn
经　　销	新华书店
印　　刷	环球印刷（北京）有限公司
开　　本	620×920　1/16
字　　数	128千字
印　　张	16
版　　次	2013 年 1 月　北京第一版
印　　次	2013 年 1 月　第一次印刷
书　　号	ISBN 978-7-5078-3537-3/I・406
定　　价	46.80元

CRI 中国国际广播出版社　欢迎关注本社新浪官方微博　官方网站 www.chirp.cn